KAIKKEA SE VIINA TEETTÄÄ

Pekka Lempiäinen

Kirjailijan aikaisempaa tuotantoa:

Koiran sydän	Books on Demand	2009
Ravunsyötit	Books on Demand	2007
Päättömän pyyn tapaus	Pilot-kustannus	2005
Puolen peikon tarina	Pilot-kustannus	2004
Kertomuksia Tuulensuun mäeltä	Kirkkonummen kirjaston ystävät RY	2003
Peltikattomurha	MC-Pilot	2002
Katajankaataja	Kesuura	1998
Mies halusi nukkua	Kesuura	1996
Rottajahti	Kesuura	1995
Kanavarkaat	Kesuura	1993
Joulukinkku	Yle	1988

Kaikkea se viina teettää
© 2011 Pekka Lempiäinen
Kustantaja: Books on Demand GmbH, Helsinki, Suomi
Valmistaja: Books on Demand GmbH, Norderstedt, Saksa
ISBN-13:**978-952-498-536-9**

1.

Matias Kuukeli lähestyi trokarin asuntoa jotenkin varovasti. Ei hän itsekään vielä tiennyt, menisikö miestä tapaamaan, vai astelisiko ohitse. Hän toivoi, että näkisi miehen pihalla ja voisi kuin vahingossa pistäytyä vierailulle. Ei tehnyt mieli mennä koputtamaan ovelle siihen aikaan aamusta, eikä oikein muutoinkaan. Ei hän edes pitänyt koko miehestä.

Uinuvalta vaikutti lähitienoo ja Oskari Tomuseulan asunto. Koko kylä nukkui vielä. Kello kävi kuutta aamulla.

Hän jäi nojaamaan porttia. Krapula työnsi nihkeää hikeä otsalle. Paita tuntui jo selkäpuolelta kostealta, mutta silti vilutti. Kädet vapisivat vaikka hän piti käsiä housujen taskuissa. Vapina tuntui pikkuhiljaa leviävän muuallekin kehoon. Krapulasta tulisi paha, se tuntui selvältä. Kuluisi vielä monta tuntia ennen kuin kylältä saisi yhtään helpotusta olotilaan. Viinaa ei ehkä saisi koko päivänä, mutta kun kello kävisi aamupäivää, saisi kylältä sentään keskikaljaa.

Äkisti Matias valpastui. Liikkuiko talossa joku? Hän tuijotti ikkunaa, koetti tunkea katseen verhojen raosta sisälle. Hän oli aivan varma, että verho oli liikahtanut. Mutta ehkä se oli ollut vain toiveajattelua. Ehkä krapula teetti näköharhoja.

Sydän takoi silti hetken hurjasti. Mielessä kyti ajatus, että ehkä Tomuseula oli havainnut hänet ikkunasta ja astelisi kohta ulos kyselemään kuulumisia. Sitten rupateltaisiin portilla niitä ja näitä ja jossain vaiheessa hän vihjaisisi, että oli pahasti krapulainen. Ehkä Tomuseula tarjoaisi hänelle mukillisen. Oli niin tapahtunut ennenkin. Ellei tarjoaisi, niin hän ostaisi pullon.

Krapula paheni yhä. Lähimenneisyys kulki silmien ohi sekavana sarjana. Hän muisti hyvin sen, että oli poikennut parille oluelle kylän keskikaljabaariin. Sieltä hän oli päätynyt jonkun porukan mukana kaupunkiin ravintolaan. Välillä hän oli käynyt kotona nukkumassa, mutta jo päivällä lähtenyt uudelleen parille kaljalle ja sieltä ravintolaan. Jossain vaiheessa hän oli ollut samassa porukassa kylän pahimpien juoppojen kanssa. Hän muisti savunhämärän asunnon, pöydän täynnä tyhjiä ja täysiä viinapulloja. Sinä yönä hän ei ollut päässyt edes kotiin. Seuraava päivä oli alkanut viinaryypyllä.

Hän naulitsi uudelleen katseen Tomuseulan asuntoon. Miten näyttikään kuin talon ulko-ovi olisi raollaan. Jos ovi oli auki, niin mitä se mahtoi tarkoittaa? Sitäkö että Tomuseula oli kotona ja että oli aamulla ollut hereillä, käynyt jo ulkona jotain tekemässä. Harmi ettei ollut käynyt ulkona silloin kun hän seisoi portilla.

Hän muisti kuulleensa, että Oskari Tomuseulan tapoihin kuului mennä aikaisin nukkumaan ja varhain nousta. Mutta oliko sittenkin liian aikaista? Milloin trokari heräisi kahvinkeittoon? Heräisikö aikaisemmin, jos hän yskisi äänekkäästi?

Portilta ulko-ovelle oli matkaa parikymmentä metriä. Hän terästi aistejaan, mutta ei kuulunut pienintäkään kilahdusta josta voisi arvella trokarin olevan hereillä.

Pieni kylä jatkoi uniaan. Aurinko pilkisti puiden takaa. Pikkulinnut olivat hereillä, mutta ihmiset pysyivät yhä piiloissaan.

Laura Uomanne katseli pellon takaa Tomuseulan asuntoa. Hän asui alivuokralaisena Saarelaisen luona tämän ullakolla ja näki ikkunastaan pitkälle. Tosin hän mielellään kertoi, että näki väärään suuntaan, näki peltoa ja ryteikköistä metsää, muutamia kylän laitamilla sijaitsevia taloja, järveä vain pienen kaistaleen. Toiselta puolen taloa olisi nähnyt kauniimman maiseman, lammen ja korpimetsää, mutta sille puolelle ei ullakkohuoneistossa ollut ikkunaa.

Tomuseulan asunnon hän näki, näki myös että siellä oltiin valveilla. Joku seisoi portilla.

Kun hän oli viimeksi käynyt Oskarin luona kylässä, oli Oskari valittanut kun ei talvella löytänyt kunnollisia villasukkia kaupoista. Hän oli luvannut kutoa Oskarille villasukat. Hän oli vielä sanonut, että tuo sukat oitis kun saa ne valmiiksi, vaikka silloin elettiinkin keskikesää.

Mutta valmiina oli vasta toinen sukka. Voisiko hän viedä ensin vain toisen sukan, veisi toisen joskus myöhemmin. Oskari kuitenkin kysyisi:

"No missä se toinen sukka on?"

"Sitä ei ole vielä kudottu", selittäisi hän. "Ajattelin niin, että sinä ensin sovittaisit tätä yhtä sukkaa ja jos se on sopiva, sitten kudon toisen samankokoisen. Tai puran jos on liian pieni tai suuri."

Se tuntui hyvältä tuumalta. Siihen Oskari varmasti sanoisi:

"Ei mitään kiirettä. Kai sinä ennätät kupin kahvia juomaan ja oikein kirkkaan kerman kera."

Mutta aamu oli kovin aikainen. Pääsisikö hän hiipimään ulos vuokraemännän huomaamatta? Ei se ollut koskaan ennenkään onnistunut. Entisenä karjakkona rouva oli tottunut nousemaan varhain, nökötti keittiössä kukonlaulun aikaan, kuulisi kun hän laskeutuisi portaita alas, työntäisi pään ovenrakoon kun hän sillä kohti olisi.

Mutta entä jos hän ottaisi mukaan sukan ja valmiin selityksen.

Alhaalla hän kertoi vuokraemännälle:

– Käyn sovittamassa näitä tekemiäni vaatteita Osk... Tomuseulalle, ennen kuin työpäivä alkaa.

Hän oli taipaleella ennen kuin vuokraemäntä ehätti mitään kysymään.

Artturi Vehmanen oli yön viettänyt metsässä nuotiolla. Aamulla hän hakeutui järvenrannalle pesulle. Aurinko lämmitti jo hieman. Vaatteet haisivat savulle. Ne hän pesisi vasta päivällä, tai veisi kotiin mamman pestäväksi.

Pitäisi vain mammalle keksiä jokin hyvä selitys siihen, että missä hän oli muutaman vuorokauden viettänyt.

Hän jäi tuijottamaan vastarannalle. Joku siellä liikkui niin aikaisin aamulla. Kello ei voinut olla vielä paljoa mitään. Oliko joku vastarannan asukas lähdössä verkkoja kokemaan, vai oliko liikkeellä varkaita?

Sillä suunnalla asui Oskari Tomuseula, sen hän hyvin tiesi. Oliko Oskari mittaamassa askelilla tonttinsa rajaa? Vai mitä oli puuhaamassa. Sitten taas hetken päästä hahmo näkyi portilla. Mutta ei tuo hahmo ollut Oskari itse, oli ainakin puoli päätä lyhyempi kuin Oskari. Oskarilla pituutta oli lähes metrin ja 90.

Kova yskä tuntui miehellä olevan.

Tuli samassa mieleen, että ehkäpä joku oli etsimässä trokarin viinapiiloa. Jospa joku luuli Tomuseulan ryteikköisestä puutarhasta tai venevajan luota löytävänsä trokarin viinakätkön. Se toi Artturin mieleen kaksi eri kuvitelmaa. Toisessa kuvitelmassa hän pidättäisi Tomuseulan asunnon liepeillä nuuskivan varkaan ja saisi Oskarilta palkkioksi ilmaisen kännin ja toisenkin. Toisessa kuvitelmassa hän odottaisi että varas saa työnsä tehdyksi, liittyisi sitten varkaan seuraan, saisi ilmaisen kännin ja toisenkin.

Kotiin hän voisi mennä huomennakin, tai ylihuomenna.

Hän löysi polun mitä kiertää järven ympäri.

Matias avasi portin, astui Tomuseulan pihalle, sulki portin ja odotti. Hän odotti että joku tulisi häntä vastaan, tai ainakin vetäisi verhon ikkunan edestä ja viittilöisi hänelle. Hän vähän loukkaantui kun niin ei tapahtunut. Tuntui oudolta jos talosta ei häntä havaittu, olihan hän portillakin seissyt jo ties kuinka kauan, oli kiertänyt tontin ympäri, oli yskinyt äänekkäästi herättääkseen huomiota.

Hän oli varma että talossa joku sisällä oli. Aistit olivat käyneet niin herkiksi, että hän kuin tunsi askeleitten painon lattialankkuja vasten, vaikka itse seisoi pihalla tukevan maakamaran päällä. Häivähtikö taas joku varjo verhojen takana?

Ulko-ovi oli raollaan, nyt hän erotti sen selvästi. Hän näki jopa lukonkielen ja sen ettei lukonkieli ollut karmin lukonkielen reiässä sisällä. Tuntui selvältä että Tomuseula oli käynyt ulkona aamulla jo ennen hänen paikalle tuloa, jättänyt ovea raolleen. Takuulla Tomuseula illalla, kun kävi viinavarastonsa viereen maaten, muisti ovensa lukita.

Hän astui raput ylös ovelle, veti oven auki ja kurkisti sisälle. Sisällä oli hämärää ja äänetöntä. Hän koputti varovasti ovelle.

Koputus ei tuonut ketään paikalle. Hän koputti uudelleen, nyt niin lujaa että rystysiin sattui. Mitään ei tapahtunut. Hän yski ja köhi, mutta nuokaan äänet eivät tuoneet ovelle ketään.

Matiaksen päässä ajatukset temmelsivät villisti, löivät toisiaan, krapulaiset ajatukset. Ne eivät siitä rauhoittuisi kuin ajan kanssa ja aikaa siihen kuluisi useita päiviä. Pari viinaryyppyä voisi ajaa saman asian, mutta viina pitäisi nauttia olotilaa loiventaen.

Hän koputti uudelleen ja uudelleen, yski äänekkäästi, huuteli sitten Tomuseulaa nimeltä. Jotain täytyi olla hullusti. Ehkä sairaskohtaus. Ehkä Tomuseula makasi halvaantuneena lattialle, odotti vain että hän uskaltaisi sisälle.

Kun oli ennättänyt rantaa pitkin jo miltei Tomuseulan tontille, Artturi Vehmanen seisahtui katsomaan maisemaa. Kovin hyvin hän ei Tomuseulan asuntoa nähnyt, edessä oli paljon vesakkoa. Mutta siitä hän oli varma, että joku seisoi Tomuseulan rapuilla ja ettei rapuilla seisoja ollut Oskari itse. Hän hakeutui parempaan paikkaan katsomaan. Rapuilta hahmo oli kadonnut, mutta toinen hahmo livahti saunan taakse. Näytti kuin tuo toinen hahmo olisi vakoillut ensimmäistä.

Hän jatkoi matkaa.

Nähdessään Matias Kuukelin Oskarin rapuilla, Laura Uomanne kävelikin portin ohi, livahti ojan yli saunan taakse piiloon. Hän ihmetteli mitä Matias paikalla teki. Ei tämä hänen mielestä niin pahalta ryyppymieheltä tuntunut, että olisi uskonut tämän aamuvarhaisella viinapulloa tarvitsevan. Alan piireissä Matiasta pidettiin vain tuurijuoppona. Sekin hämmästytti Lauraa, että miksi Oskari seisotti miestä ovella. Kenet tahansa viinapullon ostajan Oskari pyysi sisälle ja lukitsi oven niin ettei kukaan ulkoa voinut nähdä itse kaupantekoa.

Matias kuitenkin seisoi ovella. Ja Matiaksen suu kävi kuin olisi rupatellut jollekin sisällä olijalle. Mutta miksi Matias silti välillä koputti ovelle ja mistä oli niin pahan yskän saanut?

Laura jäi saunan taakse piiloon.

Matias avasi oven kokonaan, huuteli Oskari Tomuseulaa etu- ja sukunimeltä, astui peremmälle. Väliovi sisätiloihin oli avoinna. Kammari oli tyhjä, vain pöytä ja penkit ja kirjahylly.

Oliko Tomuseula lähtenyt ulos asioille ja unohtanut lukita ulko-oven. Ehkä oli jossain aivan lähellä käymässä, palaisi tuota pikaa. Mitä tekisi jos löytäisi hänet asunnostaan?

Hän kääntyi katsomaan ulos. Liikahtiko joku pihan laidalla, vai kuvitteliko hän.

Hän koputti uudelleen ovelle, yski, sanoi kolme kertaa "huomenta" kovalla äänellä. Kukaan ei vastannut. Hän astui varovasti peremmälle, näki jo keittiöön. Keittiön pöydällä oli kaljatölkkejä.

Katse jäi kiinni suljettuun oveen. Sen takana oli makuuhuone, hän muisti edellisiltä käynneiltään. Mitä Tomuseula sanoisi, jos hän tämän pyhäkköön tunkeutuisi? Oliko mies vielä umpiunessa, vai kuten hän uskoi, halvaantunut?

Hän astui makuuhuoneen ovelle, painoi korvan oveen kiinni. Jotain ääniä kuului, kuin askelia, mutta äänet kiirivät toiseen korvaan ulkoa. Nousiko joku portaita? Oliko Tomuseula palaamassa?

Artturi kiirehti polkua Tomuseulan asunnolle. Paikalla ei näkynyt ketään. Mutta asunnon ulko-ovi oli sepposelällään. Se tuntui oudolta. Aina milloin oli Tomuseulaa käynyt tapaamassa, oli tämä pitänyt ovensa tiukasti kiinni ja vieläpä lukossa.

Oliko hänen näkemänsä mies mennyt sisälle?

Hän nousi raput ylös. Aikomuksena hänellä oli koputtaa ovelle, mutta liike jäi kesken. Joku oli mennyt sisälle taloon, mutta miksei mitään ääniä kuulunut. Minne vieras oli kadonnut?

Hän astui peremmälle niin että näki kammariin ja keittiöön, näki keittiön pöydän ja pöydällä kaljatölkkejä. Jano yltyi samassa.

Ei Laura kehdannut Matias Kuukelin ollessa paikalla ruveta yhtä sukkaa esittämään. Oskari häntä kyllä ymmärtäisi, arvaisi että hän tuli sukkaa näyttämään viinaryypyn toivossa, mutta herrasmiehenä Oskari näyttelisi osansa, sovittaisi tuota yhtä ainoaa sukkaa kasvot peruslukemilla, kertoisi mistä kohti sukka kiristää, mistä kohti tuntuu väljältä. Hän kirjoittaisi tiedot ylös paperille. Sen jälkeen Oskari keittäisi kahvit, kaivaisi vieraspullon esille. Vasta sitten alkaisi kaupanteko. Oskari myi myös viiniä ja likööriä. Hän voisi ostaa pullon viiniä kotiin viemisiksi, sopia siitä maksaisiko juoman työllä vai rahalla.

Hän päätti odottaa että Matias Kuukeli lähtee, pyrkii sisälle vasta sitten.

Hän kurkisti saunan takaa taloa. Ulko-ovella seisoi mies, Artturi Vehmanen.

Kuullessaan askelia portaista, Matias livahti makuuhuoneeseen. Vasta hetken päästä tuli mieleen, että mitä Tomuseula tekisi kun löytäisi hänet makuuhuoneestaan. Tappaisiko heti, vai pieksisikö vain?

Tomuseulan makuuhuone oli hyvin hämärä. Hän ei hetkeen nähnyt eteensä ollenkaan. Vain ovenraosta tunki sisälle kapea valokiila. Ovea hän ei ollut painanut aivan kiinni.

Talossa tuntui kumman hiljaiselta. Hän oli kuullut askeleet, mutta enää ei kuulunut mitään. Oliko tulija riisunut sukkasilleen ulko-ovella, hiippailiko nyt oven takana. Mistä tiesi vaikka Tomuseula oli hänet nähnyt, vaani nyt aivan makuuhuoneen oven vieressä. Tai mikä vielä pahempaa, oli virittämässä pyssyä jossain lähellä.

Oven raosta hän ei nähnyt ketään, mutta olisihan Tomuseula ennättänyt keittiöön sillä aikaa kun hän totutteli pimeään huoneeseen. Mutta mitä mies oli tekemässä? Seisoiko vain jossain, tähtäsi pyssyllä makuuhuoneen ovea.

Jos hän löytäisi ikkunan ja saisi sen auki, voisi koettaa pakoon sitä kautta. Hänen edessä oli leveä vuode. Ja aivan selvästi vuoteella makasi joku. Näki hän sen aivan selvästi, mutta jos vuoteella makasi Oskari Tomuseula, niin kuka oli tullut sisälle hänen jälkeen?

Hän pidätti hengitystä. Aamun tapahtumat kulkivat taas silmien ohi. Hän oli aamuvarhaisella herännyt vieraasta talosta, talosta jonka pöytiä ja lattioita koristivat tyhjät viina- ja kaljapullot. Sohvalla kuorsasi joku, nojatuolissa joku toinen. Hän ei tiennyt miten oli paikalle päätynyt. Pois hän lähti kiireesti. Vasta kyläraittia kulkiessaan hän ymmärsi, että oli viettänyt yön talossa jonka jotkut kyläläiset olivat ristineet "juoppojen taloksi." Hän oli aikonut kotiin, mutta olikin jäänyt odottamaan että vaimo ehtii lähteä töihin ennen hänen kotiinpaluuta. Odotellessa krapula oli pahentunut. Hänen oli pitänyt vain kulkea katsomaan, että saisiko hän trokarilta ostettua viinapullon. Rahaa hänellä juuri ja juuri sen verran oli.

Nyt hän seisoi trokarin makuuhuoneessa, edessä nukkuva ihminen, takana joku yhtä hiljainen.

Artturi Vehmanen löysi keittiön pöydältä avattuja kaljatölkkejä, joista yksi oli puolillaan juomaa. Hän joi sen tyhjäksi. Se ei paljoa oloa parantanut. Hän tiesi että Oskarilla oli viinaa, oikein paljon viinaa. Mutta hänellä ei ollut rahaa sitä ostaa, eikä Oskari hänelle velaksi myynyt. Se taas johtui siitä, että hän oli kylällä velkaa monellekin eri ihmiselle, jotkut velat olivat jo vuosikymmenen vanhoja. Nuo ihmiset joille hän velkaa oli, levittivät hänestä kylällä ilkeitä juoruja, ettei hän velkojaan maksa. Oskari oli tiukka rahamies ja otti juoruista vaarin.

Hän jäi keittiön ovelle katsomaan asuntoa. Missä oli Oskari Tomuseula? Ja missä oli mies, jonka hän oli nähnyt nousevan portaat Oskarin asuntoon. Hän näki sijaltaan miltei koko talon, keittiön ja suuren kammarin. Eteisestä oven takaa johtivat portaat kellariin sekä toisen oven takaa ullakolle, mutta ne ovet olivat haassa. Jäljellä oli vain makuuhuone. Eivät kai Oskari ja vieras mies nukkuneet samassa makuuhuoneessa. Ei hän olisi sellaista Oskarista uskonut.

Artturi tiesi missä Oskarin vieraspullo oli ja hetken hän katseli kaapin ovea himokkaasti. Mutta jos ottaisi ryypyn, niin tietysti Oskari juuri sillä hetkellä ilmestyisi paikalle.

Hän lähestyi makuuhuoneen ovea hitaasti. Hän siinä kävellessään päätti, että kertoisi Oskarille vain totuuden, sen että oli nähnyt jonkun hiippailevan paikalla ja lopulta katoavan Oskarin asuntoon. Hän oli lähtenyt varkaan perään. Niin hän sanoisi Oskarille, kunhan miehen ensin löytäisi.

Matiaksen silmä oli tottunut pimeään. Hän pääsi kiertämään vuoteen seinän vierelle, mistä hieman pilkotti valoa, mutta kun raotti verhoa, hän pettyi. Seinässä oli ikkuna, mutta niin kapea ja korkealla ettei hän siitä ulos pystyisi kiipeämään.

Mutta tarvitsiko hänen ikkunasta ulos päästäkään, hän ajatteli. Jos Tomuseula nukkui sängyssä, hänen tarvitsi vain odottaa että hänen jälkeensä tullut vieras lähtisi pois. Oliko tuo vieras edes sisälle tullut? Ehkä oli vain ovella käynyt kurkkaamassa, lähtenyt samassa kun näki talon tyhjäksi.

Piti hivuttautua takaisin ovelle. Hän näki Tomuseulan jo aivan hyvin. Se hämmästytti, että miten sikeästi mies nukkui, vaikka ulkona päivä oli kirkastunut aikoja sitten ja lintujen laulu kuului hyvin sisälle. Tomuseula ei ollut liikahtanut koko aikana minkä hän oli makuuhuoneessa ollut, ei ollut päästänyt inahdustakaan. Mies makasi kuin olisi viinasta täysin sammunut. Mutta kun ei kuulunut edes juopuneen miehen raskasta, korisevaa hengitystä.

Hän jäi katsomaan vuodetta. Tomuseulan varpaat pilkistivät peiton alta. Näytti kuin mies olisi nukkunut selällään, mutta yläruumis oli kiertynyt kyljelleen aivan kuin Tomuseula olisi ollut nousemassa sängystä ylös. Peitto oli Tomuseulan sylissä, selkäpuoli miltei paljas. Peitto ei näyttänyt liikkuvan ollenkaan.

Hän kiersi vuoteen, kääntyi katsomaan Tomuseulaa toiselta suunnalta. Miten näyttikään kuin Tomuseulan silmät olisivat olleet auki. Vähin erin Matias kumartui lähemmäksi vuodetta. Tomuseulan kieli roikkui suusta ulkona.

Hän astui aivan vuoteenvierelle, laskeutui kontalleen. Ei tuntunut Tomuseulan hengitystä, ei vaikka hän vei kasvonsa aivan Tomuseulan suun eteen.

Pitäisi vielä etsiä pulssia Tomuseulan rinnasta, mutta jo samassa kun hän sai kätensä peiton alle, hän arvasi että Tomuseula oli kuollut.

Hän astui ovelle ja huoneesta pois.

– Mitä helvettiä, huusi Artturi.

2.

Laura oli jäänyt istumaan niitylle saunan taakse. Aurinko osui paikalle sopivasti, lämmitti hänen vanhahkoja luita. Auringon lämpö kuivatti kasteen ja nosti aivan ohkaista usvaa niityn ylle, niin että maisema oli kuin sadussa. Mieli veti häntä lapsuuteen ja kuulemiinsa ja lukemiinsa satuihin. Hän oli vuoroin Lumikki, vuoroin Tuhkimo tai Prinsessa Ruusunen.

Pienoinen krapula mitä aamutuimaan oli tuntenut, tuntui kaikkoavan kuin itsestään. Se oli sekä hyvä että huono asia. Ei krapulassa ollut mukava olla, itse asiassa krapulan hyvä puoli oli siinä, että sitä oli mukava itse parantaa muutamalla viiniryypyllä. Sen paranemisen tunsi sisällään. Vain hetkeä myöhemmin kun kulautti ryypyn kurkusta alas, tunsi kuinka se lämmitti vatsanpohjaa, aloitti sitten hitaan kipuamisen kohti päätä. Ja ehtiessään aivoihin, sen tunsi heti. Se lievitti, se rauhoitti. Se toi hyvän olon. Tuon paranemisen ihmeen hän oli kokenut tuhansia kertoja, mutta hän halusi sen kokea aina uudelleen ja uudelleen. Ei hän tahtonut humalaan tulla. Ei sellainen oikein sopinutkaan hienolle naiselle. Miehethän ne olivat iät ja ajat humalassa kulkeneet. Hän halusi vain tuntea miten sairaus kaikkoaa ruumiista. Sellainen oli soveliasta naisellekin.

Jos joutuisi vielä kovin kauan odottamaan että vieraat poistuvat Oskarin luota, hän ennättäisi parantua itsestään.

Piti nousta ylös. Tomuseulan asunnolla oli kumman hiljaista, jos ajatteli että sinne oli juuri kivunnut kaksi eri miestä. Olivatko viinanostajia? Muunlaisia vieraita ei Oskarin luona tainnut käydä. Mutta kun ei kuulunut pullojen kilinää, ei edes puhetta. Tuntui oudolta jos miehet puhuivat kuiskaamalla, kun aivan lähellä ei naapureita ollut.

Vaan jospa miehet olivat jo lähteneet?

Hän ajatteli, että olihan hänellä hyvä syy tulla Oskari Tomuseulaa tapaamaan. Sukka. Hän kaivoi sen esille käsilaukusta. Mikäli paikalla muita olisi, hän vain sovittaisi sukkaa Oskarin jalkaan, ei mitään muuta.

Hän ehti vasta portaiden alapäähän, kun talosta kuului:

– Mitä helvettiä!

– Mitä helvettiä, kysyi myös Matias Kuukeli. – Mitä helvettiä sinä täällä teet?

– Sitä minä juuri meinasin sinulta kysyä, vastasi Artturi.

Matias työnsi makuuhuoneen oven selkänsä takaa kiinni, nojasi sitten ovea niin että lukko napsahti. Ei hän itsekään tiennyt miksi niin teki. Hän jäi seisomaan oven eteen.

– Onko se Oskari siellä, kysyi Artturi.

– On ja ei ole. Voi olla että onkin.

– Joko on tai ei ole, sanoi Artturi.

Aamun tapahtumat tuntuivat olevan Matiakselle liikaa. Kun tajusi että Tomuseula on kuollut, tuntui että oma sydän pysähtyy. Kun törmäsi samassa Artturiin, tuntui että sydän pysähtyy uudelleen. Kuolleen ihmisen löytäminen pimeästä huoneesta, se oli jotain mihin hän ei ollut varautunut. Toisaalta päässä risteili myös ajatuksia siitä, että hänen pitäisi tehdä jotain, ilmoittaa jollekin että oli löytänyt ruumiin. Ryypiskelyn sijaan hänen pitäisi soittaa, poliisilleko? Hänen pitäisi odottaa että joku tulee paikalle, tutkii paikan ja vie ruumiin. Kyselisikö poliisi häneltä jotain? Milloin hän saisi viinaa, kun ei viinanmyyjää enää ollut. Joutuisiko hän päivällä kaiken odottelun jälkeen parantamaan oloa pelkällä keskikaljalla?

Mutta vielä sitäkin enemmän häntä huolestutti se, mikä Tomuseulan oli tappanut.

Hänen pitäisi saada aikaa rauhoittua, mutta aikaa ei ollut. Artturi Vehmanen tuijotti häntä metrin etäisyydeltä

tiukasti silmiin. Hän näki keittiön pöydällä olevat kaljatöl-
kit, kysyi:
    – Onko tuolla olutta?
    – Jos onkin, ne ovat Oskarin.
    – Ei Oskari niitä kaipaa enää.

Miesten huudot kuullessaan Laura livahti takaisin saunan
taakse. Hän ajatteli, että asunnossa oli poliiseja. Hän aikoi
ensin livahtaa kokonaan paikalta pois, mutta muutti
samassa mielensä. Eihän hän ollut viinaa ostamassa, vaan
sovittamassa sukkaa Oskarin jalkaan. Ei poliisi siitä voisi
häntä tai Oskaria rangaista.

Hän kaivoi uudelleen sukan käsilaukusta, tarkasteli
sitä. Sukka oli harmaa, vain varteen hän oli kutonut kaksi
kapeaa raitaa punaisella langalla. Sukan kärkeä sekä kan-
tapäätä hän oli vahvistanut. Niillä kohden lankaa oli kak-
sin verroin enemmän kuin muualla. Hänen mielestä se oli
hyvä sukka. Pitkätkään varpaankynnet eivät aivan heti
kalvaisi reikää sukan kärkeen. Ja toisaalta myös kanta-
päässä oli varaa kulua. Juuri sellaisen sukan piti olla, kulu-
tusta kestävä. Jos se olisi Oskarin jalkaan sopiva, hän
kutoisi toisen samanlaisen.

Hän asteli pihalle. Oudon hiljaista oli taas. Ehkä poliisi
oli ottanut kiinni äskeiset tulijat, väijyi uusia viinanostajia.

Ikkunoissa oli verhot edessä, vaikka päivä paistoi jo
kirkkaana. Sekään ei ollut Oskarin tapaista, estää päivän-
valoa kulkemasta sisälle. Hämäristä hommistaan huoli-
matta Oskari oli päiväihminen, piti valosta ja auringosta.

Laura oli jo rapuilla. Miten tuntui nyt niin vaikealta
päästä sisälle taloon. Yleensähän Oskari tuli häntä vastaan
jo portille, aivan kuin olisi juuri häntä odotellut iät ja ajat.

Jotain sisältä kuului. Oliko se jääkaapin ovi? Kuului
myös hiljaista puhetta, mutta vain parin sanan verran.
Sitten sihahdus. Avasiko joku kaljatölkin?

Vasta kun oli kaljatölkin juonut ja avannut seuraavan,
Matiaksen päässä aamun tapahtuman sijoittuivat niille

paikoille missä ne olivat oikeasti kulkeneet. Hän näki aivan selvästi kaiken, näki miten oli lähtenyt juoppojen talosta, miten oli kävellyt Tomuseulan asunnolle, näki itsensä nousemassa portaita ylös, kuuli itsensä huhuilemassa ulko-ovella, näki itsensä sisällä talossa ja näki myös makuuhuoneen ovella. Siinä oli vielä pieni pätkä jota hän ei hyvin nähnyt. Hän oli livahtanut makuuhuoneeseen ajatusta nopeammin. Hän näki itsensä hiipimässä makuuhuoneessa, etsimässä ulospääsyä. Silmän totuttua hämärään hän näki vuoteella Tomuseulan varpaat, sitten näki jo koko miehen. Hän näki itsensä tutkimassa Tomuseulaa. Tomuseula ei hengittänyt. Kun oli vienyt kätensä peiton alle kokeillakseen sydäntä, oli käsi osunut johonkin kovaan ja sormiin oli tarttunut jotain kosteaa. Silloin oli ollut pakko päästä ulos, mutta vastassa oli ollut Artturi Vehmanen.

Hän vilkaisi sormiaan. Niissä oli jotain punaista.

Hän ajatteli, että hänen pitäisi heti soittaa poliisille. Hänen olisi pitänyt soittaa poliisille heti kun ruumiin löysi. Hänen ei olisi pitänyt ruumista löytää, hänen ei olisi pitänyt mennä Tomuseulan makuuhuoneeseen. Hänen ei olisi pitänyt tulla sisälle ollenkaan, ei olisi pitänyt tulla koko paikalle. Hänen olisi pitänyt vain kestää krapulaa kunnes olisi kaupasta saanut muutaman keskikaljan. Hänen ei olisi pitänyt ruveta ryypiskelemään.

Olo muuttui hetkessä levottomaksi ja voimattomaksi. Mitä hän oli tehnytkään? Lähtenyt ryypyn toivossa kävelemään, ja nyt istui Artturi Vehmasen seurassa trokarin keittiössä, kuolleen trokarin keittiössä. Mieleen hiipi kaksi kysymystä. Kuka trokarin oli tappanut? Mitä Artturi Vehmanen teki siihen aikaan aamusta trokarin asunnolla? Oliko noihin kahteen kysymykseen yksi vastaus?

Artturi oli ensimmäisen kaljatölkin juonut parilla kulauksella, toista maisteli hitaasti nauttien. Jääkaapissa kaljaa oli lisää.

– Tämähän jämäkkää kaljaa on, ihasteli Artturi, tutki tekstiä tölkin kyljestä. – 7,8 prosenttia.

Myös Matias havahtui tutkimaan juomatölkkiä.

– Ei tätä varmaan Suomessa myydäkään.

– Ei, kyllä tämän on se Kourula varmaan tuonut Virosta Oskarille. Ehkä tätä Suomen Alkosta saisi, mutta niin rasvaiseen hintaan, että ennemmin sitä ostaa vaikka punkkua.

– Minä en niistä punkuista mitään tiedä, huokasi Matias. – Kirkasta viinaa olen juonut ja viskiä ja kaljaa. Mutta sen nyt tiedän, että kyllä tämä oloa parantaa.

– Jokohan se Oskari kohta tulee kotiin? Artturi kysyi.

– Ei tule kotiin.

– Sinäkö täällä nykyään isäntä olet?

– En minä ole mikään isäntä, en edes kotonani. Selvitän asian sinulle, kunhan ensin itse selviän.

– Kaljaa juomallako sinä selviät?

Matias huokaisi. Hänen kai pitäisi kertoa Artturille, että Oskari Tomuseula on kuollut. Siitä hänen kai pitäisi asian selvittäminen aloittaa. Ellei Artturi jo sitten tiennyt Tomuseulan kuolleen, ja vain häntä hämätäkseen puhui kuin mies yhä olisi elossa.

Samassa hän tajusi että Artturi katsoi hänen ohi ovelle. Hän kurkotti kaulaa nähdäkseen. Ovelle seisoi nainen.

– Huomenta, sanoi Laura Uomanne. – Onko se Oskari Tomuseula missä. Pitäisi tätä sukkaa sovittaa sen jalkaan.

– Voi olla että on, voi olla ettei, sanoi Artturi ja virnisti Matiakselle.

Artturi pyysi Lauran istumaan, nouti tälle lasin, haki jääkaapista Lauralle ja itselleen kaljaa, selitti:

– Mitä me yhdestä Oskarista piitataan. Kyllä me pärjätään ilmankin.

Laura katsoi miehestä toiseen, istui sitten Artturin vierelle.

Matias ajatteli, että hänen pitäisi käydä varmistamassa se, että miten Oskari Tomuseula oli kuollut. Ja yhtä kaikki, hänen pitäisi soittaa poliisille.

Hän nouti itselleen uuden oluen, palasi sijalleen istumaan.

– Oletko ryhtynyt kutomaan? Artturi kysyi.

– Sille Oskarille lupasin sukat kutoa, vastasi Laura.

– Näytäpä.

Artturi tutki sukkaa asiantuntijan elkein. Se näytti jo hieman nuhjuiselta, Laura huomasi.

– Siinä on oikein sukkien sukka, Artturi kehui. – Niin on siististi kudottu. Katso sinäkin Matias.

Matias vain vilkaisi sukkaa, totesi:

– Siinä on vain yksi.

– Niin, kun minä ajattelin että se Oskari ensin sovittaisi tätä yhtä, niin sitten vasta...

– Ilman muuta sitä pitää ensin sovittaa, innostui Artturi. – Kutoo sitten vasta toisen, kun tietää että onko sukka ollenkaan jalkaan sopiva.

– Jos se sille Oskarille vaan kelpaa, sanoi Laura.

– Ilman muuta kelpaa, väitti Artturi. – Ihme on jos ei kelpaisi. Tämän parempaa sukkaa ei saa mistään. Tämä on oikea sukkien sukka.

Laura ja Artturi syventyivät keskustelemaan Lauran käsitöistä ja Artturi jo tilasi itselleen sukkia ja lapasia ja pipoa ja kaulaliinaa talvea varten.

Matias mietti että hänen pitäisi tehdä jotain. Hänen pitäisi nousta pöydästä, kulkea Oskari Tomuseulan makuuhuoneeseen, tutkia ruumis. Hänen pitäisi myös etsiä puhelin ja soittaa poliisille. Oliko oma kännykkä missä? Kotonako?

– Missä sanoitkaan sen Oskarin olevan, keskeytti Artturi hänen mietiskelyn.

– Poissa, hän vastasi.

– Onko käymässä vai jossain?

– Oskari Tomuseula on poissa.

– Kai minä uskallan Oskarin vessaa lainata, hihitti Laura. – Joutuukohan sitä miten kauan odottamaan, sitä Oskaria?

– Voi joutua odottamaan kauan, huokaisi Matias.

Matias seurasi katseella kun Laura käveli vessaan ja kun kuuli Lauran lukitsevan ovea, hän kääntyi sanomaan Artturille:

– Se Tomuseula, se Oskari, se on kuollut.

– Vai kuollut on? sanoi Artturi.

– Kuollut on.

– No mitä helvettiä me täällä sitten tehdään?

– En minä tiedä. Sitä minä vaan, että minun kai pitäisi siitä ilmoittaa jonnekin.

– Pitää siitä kai ilmoittaa. Miten se nyt sitten kuolla keksi.

Artturi tuijotti pöytää kuin ei tajuaisi koko asiaa, näki pöydällä kaljatölkin ja joi sen tyhjäksi. Katse hakeutui oitis jääkaapin oveen.

Kun Artturi oli hakenut uuden kaljan, Matias sanoi:

– Minä sitä ajattelin, että kun se Tomuseulan ruumis on vielä tuolla makuuhuoneessa, että ei sinne tuota naisihmistä päästetä.

– Vai makuuhuoneessa. No tuleeko sitä kohta ruumisauto hakemaan?

– En minä tiedä. Tai tarkoitan, että ei siitä vielä muut taida mitään tietää.

– Nytkö se sitten vasta kuoli?

– Tänään tai eilen. Luulisin.

– Tätä pitää kyllä miettiä, totesi Artturi. – Ja viinan kanssa.

Artturi löysi keittiökomerosta Tomuseulan vieraspullon, löysi itselleen lasin jonka täytti ja josta maistoi, kääntyi vasta sitten kysyvästi Matiaksen puoleen. Matias nouti itselleen lasin, antoi sen Artturin täytettäväksi. Artturi otti viinapullon eteensä pöydälle.

– Mitä sille ruumille pitäisi tehdä, Artturi kysyi.

– Kun en tiedä.

– Tätä pitää kyllä miettiä, sanoi Artturi. – Pitää miettiä oikein kunnolla. Sinäkö sen ruumiin löysit?

– Minä.

– Eikä kukaan muu tiedä vai?

– Ei kai, en ainakaan minä ole kertonut. Minun pitäisi kai ilmoittaa siitä poliisille.

– Älä tee vielä mitään, päätti Artturi.

Myös Lauralle kelpasi Tomuseulan vieraspullon sisältö. Artturin kanssa Lauralla riitti juttua. Sukkaa ihailtiin uudelleen ja oltiin varmoja siitä että se Oskarille kelpaisi.

Vieraspullo vajeni ja tyhjeni. Vielä oli kaljaa jääkaapissa. Pariin eri kertaan Laura havahtui ihmettelemään, että missä oli Oskari ja mitä Oskari sanoisi kun havaitsisi viinojaan ja kaljojaan juodun.

– Minä hoidan kyllä tämän asian, lupasi Artturi.

– Minä annan sukat sille vaikka ilmaiseksi, keksi Laura.

Matiasta harmitti. Artturi ja Laura piristyivät mitä enemmän joivat, hän itse painui kasaan, tunsi huolien taakan harteillaan. Heistä kolmesta hän oli ruumiin löytänyt ja hänen siitä pitäisi viranomaisille ilmoittaa. Jos virkavalta pahalle tuulelle äityisi, hän siitä moitteet saisi. Artturi ja Laura voisivat vedota siihen, että luulivat hänen asiasta ilmoittaneen.

Lauran mennessä uudelleen vessaan Matias kiirehti makuuhuoneeseen. Tomuseula makasi entisellä sijallaan. Hän veti verhon syrjään kapean ikkunan edestä, katsoi Tomuseulaa. Oskari Tomuseula oli kuollut, se nyt ainakin oli varmaa. Hänen pitäisi ilmoittaa siitä poliisille?

Hän istahti vuoteenreunalle. Tomuseula oli kuollut, hän oli siitä aivan varma, silti hän jo hetken päästä epäili, kääntyi katsomaan ruumista. Tomuseulan silmät olivat auki ja lasittuneet, kieli roikkui suusta ulkona. Ei kukaan, ei edes humalainen siten voinut nukkua.

Yöpöydällä oli pullo ja lasi. Hän tarttui pulloon ja se kilahti lasia vasten. Kilahdus toi Artturin ovelle:

– Mitä löysit, kysyi Artturi.

– En mitään, tuskastui Matias. – Ajattelin vaan, että minun pitäisi ruumiista ilmoittaa poliisille.

– Älä pidä kiirettä.

– Ei kai sitä noinkaan voi jättää, ruumista.

– Jos vaan peitetään se noin ensialkuun.

– Mutta jos se naisihminen, se sukankutoja tulee tänne herättelemään ruumista.

Makuuhuoneessa oli iso vaatekomero. Artturi avasi komeron ovet, tutki sisältöä, nosti komerosta ison kassin lattialle. Kassi kilahteli.

Matias ei tahtonut saada silmiä irti ruumiista. Varsinkin nuo lasittuneet silmät ja suusta ulos valahtanut kieli vangitsivat katseen. Ne kai jäisivät kummittelemaan mieleen vuosikausiksi. Hän sulki kuolleen silmät, ei keksinyt mitä kielelle tekisi.

Hän katsoi tarkemmin yöpöydältä löytämäänsä pulloa. Hennessy VSOP, luki etiketissä. Se oli konjakkia hän tiesi, kaatoi pullosta tilkan lasiin ja joi.

Artturi penkoi jo kassia.

– Viinaan ja tupakkaa. Helvetin paljon on viinaa. Tämä on varmaan jonkun muulin Viron matkan saalis. Votkaa on ja monta pulloa. Ja on viiniä ja on likööriä ja mitä kaikkea. Oikein konjakkiakin. Kyllä tämän takia on joku tehnyt monta reissua Viroon.

Matiaskin jäi katsomaan kassin sisältöä. Kaikesta huolimatta niin suuren viinamäärän näkeminen toi rintaan iloa. Siinä riittäisi pienelle porukalle juomista moneksi päiväksi. Artturi yritti laskea viinapulloja, mutta meni oitis laskuissa sekaisin. Piti nostaa tupakkakartongit lattialle kasaan, viini- ja l!ikööripullot toiseen kasaan, viinapullot kolmanteen.

Artturi istui vuoteen jalkopäähän ihailemaan saalista ja ruumiin päällä ollut peitto luisti syrjään. Artturi vasta silloin katsoi ruumista tarkemmin.

– Sillähän on puukko rinnassa, hämmästyi Artturi.

Matiaskin kääntyi taas tuijottamaan ruumista. Joku oli lyönyt puukon niin syvälle Tomuseulan rintaan, että osa kahvaakin oli kadonnut kylkiluiden väliin. Ruumiin rintamus oli veren peitossa. Samaa verta hänellä oli sormissa.

– Sehän on tapettu, kuiskasi Artturi.

Artturi nykäisi peiton kokonaan pois ruumiin päältä. Oskari Tomuseula makasi alusvaatteisillaan, kuin olisi nukkuessaan kuollut. Muita vammoja ruumiissa ei näkynyt.

Pitäisi ilmoittaa poliisille, ajatteli Matias, mutta ei hän kyennyt liikahtamaan sijaltaan. Lyhyessä ajassa hänen tuli kylmä ja kuuma ja vapisutti. Hetken tuntui kuin alkava pieni humala kaikkoaisi kokonaan, mutta jo toisessa hetkessä pyörrytti kuin olisi juonut jo liikaakin. Hän kaatoi lasiin lisää konjakkia.

Artturi ryhtyi laskemaan viinapulloja ja tupakkakartonkeja.

3.

Laura vietti vessassa kauemmin aikaa mitä oli tarvis. Ei hänellä ollut kiire miesten seuraan. Viinaa oli päässä ihan sopiva määrä, aika kului rattoisasti vaikka vessan seinää katsellessa.

Artturin hän noista kahdesta miehestä paremmin tunsi, mutta Artturi oli juoppo ja aikamoinen renttu. Matiasta hän ei hyvin tuntenut ja kaiken lisäksi Matias oli ukkomies ja juorujen mukaan kiintynyt vaimoonsa.

Laura odotti että Oskari palaisi kotiin, missä tämä sitten olikaan. Oskarin hän hyvin tunsi, oli joskus viettänyt yönkin Oskarin asunnolla. Kyse ei kuitenkaan ollut rakkaudesta, ei edes seksistä, vain viinasta.

Ensimmäisen kerran hän oli Tomuseulan asunnolle ajautunut siitä syystä, kun Oskarin postia oli vahingossa tullut Saarelaisen postilaatikkoon. Emäntä Saarelainen oli hänet lähettänyt viemään Oskarin postin oikeaan laatikkoon. Kun Oskari oli hänet huomannut, ja hän oli selittänyt asiansa, oli Oskari pyytänyt hänet sisälle kahville. Kahvipöydässä Oskari oli kehunut häntä, sanonut että harvassa ovat sellaiset naapurit, jotka matkojen takaa lähtevät toisen kirjettä tuomaan. Kuka tahansa toinen olisi odottanut seuraavaa päivää, antanut kirjeen postin toimitettavaksi.

Laura oli hämillisenä sopottanut, että matkaahan ei pellon poikki ollut kuin muutama sata metriä, mutta Tomuseula oli ylistänyt häntä maasta taivaaseen. Lopulta Laura oli päässyt käsitykseen, että Oskarin mielestä oli hieno asia kun posti teki sellaisen virheen, että he kaksi melkein naapuria olivat siten tutustuneet.

Oikeasti Laura oli silloin ollut matkalla baariin juomaan pari keskiolutta, tapaamaan tuttavia, parantamaan krapulaa, mutta ei hän sitä ollut kehdannut Oskarille tunnustaa. Niinpä hän oli kertonut, että olikin viinakauppaan matkalla, oli vielä noitunut bussimatkan kalleutta ja oli kuin tuohtuneena selittänyt:

"Kun ei tässä kylässä sellaistakaan palvelua ole, että viinipullon saisi tai likööriä. Sellaiseksi vieraspulloksi ajattelin jotain vain ostaa."

Oskari oli lahjoittanut hänelle pullon banaanilikööriä, kertonut että se oli palkka siitä, kun hän kirjeen vaivautui tuomaan.

Kun hän ei ilmaista pulloa voinut vastaan ottaa, hän oli jäänyt siivoamaan Oskarin asuntoa ja hän oli tuostakin työstä saanut pienen palkan ja lupauksen uusista siivoustöistä. Kaiken lisäksi hänen ei tarvinnut banaanilikööripulloa avata lainkaan, vaan Oskari oli kahvin kera tarjonnut konjakkia niin paljon, että hän oli tullut humalaan.

Krapula oli parantunut aivan ilmaiseksi ja seuraava päiväkin oli turvattu.

Lauran tullessa vessasta olivat molemmat miehet täysin ajatuksissaan, Artturi kontillaan lattialla viinapulloja laskemassa, Matias vetämässä peittoa vuoteen päälle. Laura ihmetteli, että miksi Oskari makasi vuoteessa siihen aikaan aamusta ja niin vaitonaisena. Oliko sairas?

Kun hän yskäisi ovella, miehet kuin vähän säikähtivät. Hän kääntyi katsomaan Oskaria. Tämä näytti kumman kalpealta ja oudolta. Ja miksi vielä oli sängyssä, kun muutoin aina nousi kukonlaulun aikaan ylös.

Artturi kiirehti häntä kohti, selitti:

– Tutkittiin vähän tilannetta ja hyvältä näyttää. Jos siirrytään takaisin keittiöön, ettei häiritä.

Matias sanoi:

– Kai minun on kerrottava, että...

Ulko-ovella joku huhuili Tomuseulaa nimeltä. Artturi tunsi tulijan, riensi vastaan, kyseli kuulumisia.

– Sitä viinaa minä olisin paitsi, kuinkapa muutenkaan, sanoi tulija ovella. – Että onko se itse Oskari Tomuseula missä?

- Jos käydään tuonne keittiöön miettimään sitä, ehdotti Artturi, opasti vieraan keittiöön, avasi molemmille kaljatölkin.

Matias työnsi Lauran ulos makuuhuoneesta ja ennen kuin sulki oven, hän kuuli Artturin sanovan.

- Ei minulle kaljasta tarvis mitään maksaa. Tarjoat joskus sitten takaisin. Mutta viinaa jos kaipaat, niin tiedät kai hinnat. Voin minä Oskaria tuurata sen verran.

Laura kulki epäröiden keittiöön. Artturi kiirehti kohta makuuhuoneeseen.

- Mitä se Purola oikein haluaa, Matias kysyi.

- Jaska haluaa viinaa ostaa, vastasi Artturi. - Ja minä myyn pullon. Se jääkin kai sitten tänne ryyppäämään.

- Myyt Tomuseulan viinoja.

- Mitäpä Oskari niillä enää tekee. Eikös Oskari ole juomansa jo juonut tai myynyt. Mutta tässä ajattelin, että Lauralle jotain viiniä tai likööriä.

Artturi tutki viinapulloja.

Matias hätääntyi:

- Mutta mitä tälle ruumiille tehdään. Minun pitäisi siitä ilmoittaa jollekin.

- Älä pidä kiirettä, sanoi Artturi huolettomasti. - Nostetaan ruumis vaikka tuohon komeroon. Mitä siitä kuollut piittaa, että missä nukkuu. Jätetään eläville sänky nukuttavaksi.

- Minä en ainakaan tuohon sänkyyn mene, sanoi Matias.

- Minä vien juomaa muille, palaan heti, lupasi Artturi.

Matias tutki komeroa. Hän ajatteli, että jos irrottaisi alahyllyt, ruumis ehkä mahtuisi komeron lattialle makaamaan. Samassa hän jäi miettimään sitä, että mitä oli tekemässä. Hänen pitäisi ilmoittaa ruumiista poliisille, nyt varsinkin kun tiesi että Oskari Tomuseula oli tapettu.

Artturi palasi, pinosi komeron alahyllyiltä vuodevaatteet lattialle, nosti kaksi alinta hyllyä pois. Sitten Artturi työnsi ruumiin vuoteesta lattialle, veti sen jaloista komeron eteen. Räsymatto ja peitto seurasivat mukana. Lattialla Artturi kietoi ruumiin peittoon, niin ettei siitä näkynyt kuin hiustupsuja toisesta päästä ja toisesta pilkistivät varpaat. Yhdessä he kierittivät ruumiin komeron lattialle. Se mahtui sinne vain vaivoin, jäi puoliksi istuma-asentoon ja polvet koukkuun. Komeron ovet eivät enää menneet kunnolla kiinni. Artturi kasasi maton esteeksi, etteivät ovet avautuisi kokonaan.

Matias levitti päiväpeitteen vuoteelle niin että verinen kohta lakanassa jäi piiloon. Artturi astui ovelle, kääntyi sitten katsomaan Matiasta.

– Meinaatko jäädä tänne suremaan Oskaria.

– En jää, sanoi Matias. – Taidan mennä ulos hetkeksi.

– Älä sitten katoa mihinkään.

– En katoa.

Keittiössä kilisteltiin laseja.

Matias asteli ulos, istui portaille, painoi pään polvien väliin. Hän ajatteli, että ehkä Artturi oli oikeassa. Mitä Tomuseula enää viinalla tekisi? Mitä haittaisi vaikka Artturi jakelisi viinat juomareille ja mitä haittaisi sekään, että pitäisi rahat itsellään. Hetken hän ajatteli, että näpistäisi itse pari pulloa, siirtäisi ne omaan piiloon vaikka metsään, noutaisi ne vasta sitten kun talosta viinat olisivat lopussa, poliisi ja ruumisauto olisivat paikalla käyneet ja poistuneet. Sitten hän voisi parantaa omaa krapulaa uudemman kerran.

Maantietä lähestyi kaksi miestä. Matias tunsi heidät ulkonäöltä ja jo ennen kuin miehet pääsivät portille, hän arvasi että ovat viinaa paitsi. Se paistoi esille miesten olemuksesta.

Kun pääsivät portaiden alapäähän, hän sanoi:

– Kysykää Artturilta, meinaan jos viinaa haluatte ostaa. Tomuseula ei juuri nyt ole itse paikalla. Artturi on keittiössä.

Miehet kulkivat hänen ohi keittiöön.

Hän kävi tarkistamassa että Tomuseula makasi edelleen sijallaan komeron lattialla ja että oli kuollut.

Silloin keittiössä juhlat olivat jo siinä pisteessä, että Laura nuokkui, tahtoi nukkumaan. Samalla kun nouti uusille tulijoille viinaa makuuhuoneesta, Artturi talutti Lauran vuoteeseen. Mennessään Artturi supatti Matiakselle:

– Ei Oskari enää sänkyään tarvis. Parempi että Laura saa hetkisen levätä.

Matias istui penkille lähelle makuuhuoneen ovea. Hän ajatteli, että jos Laura löytäisi ruumiin ja nostaisi metelin, hänen pitäisi tehdä jotain.

Jaska Purola virnuili hänelle:

– Vai jää ritari Matias vartioimaan neidon unta. Mutta turhaan kai vartioit. Me ollaan jo sen ikäisiä ukkoja kaikki, että meidän seurassa saa naiset nukkua aivan rauhassa.

Matias ei piitannut. Vielä hetken mielessä kyti ajatus, että hänen pitäisi soittaa poliisille ja kertoa löytämästään ruumiista. Puukko Tomuseulan rinnassa viittasi selvästi rikokseen. Asia kuuluisi poliisille.

Mutta viina vei ajatukset muualle. Ja viinaa talossa oli paljon. Voisiko hän ilmoittaa poliisille vasta sitten kun viinat oli juotu. Kaiken lisäksi häntä jo ramaisi. Hän kävi penkille makuulle.

Laura ei nukkunut, makasi vain. Hänen oli siinä hyvä olla. Hän muisti että oli ennenkin levännyt samassa vuoteessa. Oskari hänet siihen oli edellisillä kerroilla taluttanut. Oskari ei ollut häntä hipelöinyt, ei ollut edes tehnyt mitään ikäviä ehdotuksia siihen suuntaan, ei ollut tullut edes vierelle makaamaan.

Oskari Tomuseula oli omituinen mies, ajatteli Laura, mutta herrasmies.

Aina milloin hän Oskarin vieraaksi kulki työn tai jonkun muun syyn varjolla, oli Oskari kiehauttanut kahvit ja tuonut kahvipöytään viinaa. Toisinaan oli kahvipöydässä oikein konjakkia. Silloinkin kun kävi siivomassa, sai hän työnsä päätteeksi rahapalkan lisäksi juoda viinaa. Mistään muusta ei koskaan ollut kyse, vain työstä ja rahapalkasta ja viinasta.

Jo silloin kun ensimmäisiä kertoja kulki Oskarin asunnolle, hän oli tajunnut, että Oskarin luona kulki väkeä paljon ja kävijät olivat kaikki tekemisissä viinan kanssa. Suurin joukko oli pelkkiä viinanostajia. Mutta oli pieni joukko, jota hän mielessään kutsui valiojoukoksi ja johon hän itsensä laski mukaan. He tekivät jotain työtä viinansa eteen. Hän siivosi ja ainakin Eero Kourula ja Aulis Vihavainen noutivat Oskarille viinaa Virosta tai Venäjältä.

Hän ajatteli nyt, että olivatkohan Matias ja Artturi samaa valiojoukkoa kuin hän, vartioivat Oskarin asuntoa tämän sairaana ollessa. Aikaisemmin hän oli pitänyt Artturia vain jonain hakumiehenä, joka nouti viinaa jollekin toiselle. Matiasta hän ei Oskarin luona ollut koskaan ennen nähnyt. Kovin hyvin hän ei Oskarin asiakkaita ja tuttavia tuntenut. Siinä suhteessa Oskari oli varovainen mies. Vaikka hän tiesi että Oskari myi viinaa suurelle joukolle ihmisiä, ei hän koskaan nähnyt itse myyntiä. Silloinkin kun oli siivoamassa Oskarin asuntoa samaan aikanaan kun viinanostajia tuli, Oskari hoiti asian suljetun oven takana, milloin keittiössä jos hän siivosi kammaria, ja kammarissa tai eteisessä milloin hän siivosi keittiössä. Aluksi hän oli luullut että Oskari häpesi hämäriä liiketoimiaan hänen nähtensä. Myöhemmin Oskari oli selittänyt, että jos häntä joskus poliisit kuulustelevat, tärkeintä silloin oli se, ettei hän ole nähnyt viinaa myytävän.

Ei siitä ollut kuin kaksi vuotta, kun hän ensimmäisen kerran Oskarin tapasi. Kaksi vuotta hän oli juonut miltei pelkästään Oskarin viinoja. Hän ihmetteli miten oli aikaisemmin tullut toimeen. Sitä ennen hän oli usein istunut kylän ainoassa kaljabaarissa, toisinaan kulkenut linjaautolla lähimpään viinakauppaan. Tosin usein hän oli päässyt viinakauppaan jonkun porukan mukana taksilla, mutta aina porukka oli ollut miesporukka. Eikä hän kotiin voinut viinakassin kanssa kulkea, ei ainakaan jos vuokraemäntä oli paikalla. Yhden viini- tai likööripullon sai piilotettua käsilaukkuun, mutta yksi pullo ei riittänyt kuin yhdeksi illaksi.

Mutta missä Oskari nyt oli, hän havahtui miettimään. Juuri vähää aikaisemmin hän oli nähnyt Oskarin makaavan vuoteessa kalpeana kuin olisi sairas, nyt oli kadonnut. Jos Oskari oli sairas, niin oliko mies viety ambulanssilla sairaalaan sinä aikana minkä hän vietti keittiössä Artturin ja Jaska Purolan seurassa. Ei hän ollut nähnyt tai kuullut mitään siihen viittaavaa. Tuntui myös oudolta, että Oskari olisi palkannut Artturin myymään viinojaan. Kuka tahansa toinen olisi siihen työhön ollut sopivampi.

Hän katsoi komeron ovea. Se oli raollaan. Sekin tuntui oudolta, sillä Oskari oli hyvin tarkka kaikesta, piti ovet ja laatikot kiinni. Pitäisikö hänen sulkea ovi ennen kuin Oskari palaa?

Hän nousi istumaan, näki että matto oli rytyssä komeron edessä. Vuodekin oli huonosti pedattu. Lattialla oli iso kasa vuodevaatteita, nurkassa viinapulloja ja tupakkakartonkeja. Paikat pitäisi siistiä ennen Oskarin tuloa.

Matias heräsi. Oliko hän kuullut jotain? Kirkaisu. Makuuhuoneesta.

Hän nousi kiireesti, koputti makuuhuoneen ovelle, seurasi toisella silmällä keittiötä. Mutta keittiössä ei näkynyt ketään. Juomareiden ääniä kuului pihalta.

Hän raotti ovea, tempaisi sen sitten kokonaan auki. Laura seisoi komeron eteen jähmettyneenä. Komeron ovet olivat selällään.

Hän astui makuuhuoneeseen, sulki oven perässään.

Laura haukkoi henkeä.

Matias sanoi:

– Niin, Oskari Tomuseula on kuollut. Olisi kai pitänyt kertoa sinulle jo aikaisemmin.

Hän talutti Lauran vuoteen reunalle istumaan. Laura näytti olevan täysin tolaltaan.

Matias arveli, että tilkka viiniä saisi Lauran tolkkuihinsa, avasi yhden pulloista. Näkyi olevan mansikkaviiniä.

– Maista siitä. Se vahvistaa.

Lauran juotua hän tunsi itsekin tarvitsevansa vahvistusta. Ei hän osannut Lauralle mitään selittää, istui vain vierellä ja kun viiniryyppy oli kohonnut vatsasta aivoihin, hän tarjosi uuden ryypyn, joi myös itse. Hetken päästä sama taas toistui.

Lopulta Laura hieman piristyi.

– Niin, että Oskari on kuollut.

Lause ei kai ollut kysymys, mutta Matias vastasi:

– Kuollut on.

Laura nousi, lähestyi varovasti ruumista, kohdalle päästyään kyykistyi, raotti peittoa niin että ruumiin pää tuli kokonaan esille, kokeili löytää kaulasta valtimoa, sen jälkeen raotti silmäluomia. Matias odotti ja pelkäsi että Laura työntäisi käden peiton sisälle etsiäkseen sydäntä Tomuseulan rinnasta, huomaisi puukon ja sen että Tomuseula oli tapettu. Mutta Laura nousi seisomaan, sanoi:

– Kuollut se on. Ei sillä sydän lyö, eikä se hengitä. Kyllä se silloin kuollut on.

– Kyllä minä sen tajuan, tokaisi Matias. – Kuollut se on ollut koko aamun. Oli kuollut jo silloin kun tulin.

– Miksi sen kieli on suusta ulkona?

– En minä tiedä.

– Missä kaikki toiset ovat?

– Pihalla kuuluivat olevan. On väki kai vähän lisääntynyt.

– Kai minä menen muiden joukkoon, sanoi Laura. – En minä tänne voi jäädä.

Artturi kiirehti samassa sisälle, asteli suoraan makuuhuoneeseen, sanoi:

– Lisää viinaa. Kauppa käy oikein hyvin.

Nähdessään komeron ovet selällään, Artturi vakavoitui:

– No sinäkin sitten tiedät tästä, hän sanoi Lauralle.

Laura havahtui:

– Se sukka. Missä se minun sukka on? Se minkä Oskarille kudoin.

– Kyllä se tallessa on, rauhoitti Artturi. – Taisi jäädä keittiöön. Mutta ei sitä Oskari taida tarvita. Tai ellei sitten ruumiille pueta sukkia jalkaan.

Laura painui kasaan.

– Mitä te olette sopineet, Artturi kysyi Matiakselta.

– Ei oikein mitään. Mutta kyllä minusta meidän pitäisi ilmoittaa...

– Mutta minä tässä sitä mietin, keskeytti Artturi, - että kun noita viinojakin on vielä noin paljon jäljellä, että pitäisikö ne juoda ensin pois. Kun ei niitä viinoja arvaa kotiinkaan viedä, syyttävät vielä varkaiksi. Mutta jos ne juodaan täällä, niin mistä silloin syyttävät. Ollaan Tomuseulan vieraina, vaikka se nyt kuollut onkin. Juodaan kunnes ei ole tilkkaakaan jäljellä, ilmoitetaan sitten ruumishuoneelle että hakevat Oskarin pois.

– Mutta kun minä sen löysin, marisi Matias. – Jos ne minua syyttävät siitä, että en ilmoittanut.

– Kuka syyttää? hämmästeli Artturi. – Ei kukaan piittaa yhdestä viinanmyyjästä.

Artturi asetti Laura käteen avatun viinipullon, talutti Lauran kammariin, sulki oven.

– Mutta kun se on tapettu, intti Matias. – Pitäisi se selvittää, että kuka sen on tappanut.

– Se tappaja on varmasti itämafian miehiä, väitti Artturi. – Jossain vaiheessa reissuilla Oskari on astunut itämafian varpaille. Tietäähän sen miten siinä käy. Tiedä vaikka Oskari olisi huumekauppoihin sotkeutunut siellä idässä. Sen takia ei itse uskalla enää reissata. Se on kuule parempi, kun ei puututa semmoisiin asioihin.

Matias sanoi:

– Minä en kyllä ruumiin kanssa aio nukkua yötä samassa huoneessa. Enkä usko että Laurakaan.

– Jos siirretään Tomuseula jonnekin, vaikka kellariin, keksi Artturi. – Ei ruumis siitä kai piittaa missä makaa, vaikka perunalaarissa. Minä vien nämä pullot pojille, siirretään sitten.

Artturi Vehmanen asui äitinsä luona, oli miltei aina asunut. Kotiin hänellä ei humalassa ollut menemistä, ei edes krapulassa. Vuosi vuodelta äiti oli siinä asiassa muuttunut aina vain ankarammaksi. Hän arveli että käänne oli tapahtunut silloin, kun hän lopullisesti jätti työnteon kirot taakseen.

Nyt se ei häntä huolettanut. Hän voisi Oskarin luona peseytyä ja pestä myös vaatteensa. Kun viinojen loputtua menisi kotiin puhtaana ja raittiina, äiti leppyisi nopeasti.

Työt hänen kohdallaan olivat kai jo tehty, se hänen oli myönnettävä ja sen hän iloisesti myönsikin. Selkä oikutteli, jalka oikutteli, paperit olivat vetämässä eläkkeelle vaikka ikää oli vasta 45 vuotta. Työvoimatoimistossa oli virkailija ehdottanut uudelleen koulutukseen menoa. Mutta kovin innottomalta oli virkailijakin vaikuttanut. Mihin hänet uudelleen kouluttaa, kun ei ennestään ollut koulutusta ollenkaan. Oli vain kansakoulu käytynä ja työttömänä ollessa pari lyhyttä kurssia jotka nekin hän oli jättänyt kesken. Muu aika oli tullut tehtyä hanttitöitä, milloin juopottelulta oli joutanut.

Vuosien saatossa monet eri ihmiset olivat ihmetelleet sitä, että miten hän saattoi elää niin kuin eli, kulkea päivästä toiseen vailla tarkoitusta. Heille hän oli aina vastannut:

"Minun aivot toimivat siten."

Nyt hän toimi siten, että myi trokarin viinoja. Hän viihtyi siinä työssä ja milloin jäi hetkeksi yksin, hän ajatteli, että voisi sitä puuhaa jossain muodossa jatkaa senkin jälkeen, kun trokarin viinat loppuisivat. Trokarin viinoja myydessä Oskarin asiakaskunta siirtyisi hänelle kuin itsestään. Ansaitsemillaan rahoilla hän voisi matkata Viroon ja tuoda lisää viinaa niin paljon kuin vain tullin läpi uskaltaa kuljettaa.

Näitä miettiessä Artturi vahti pihalla olevia juomareita, odotti lisää asiakkaita. Hän arveli, että kun kylille leviäisi juoru että Tomuseulan pihalla juopoteltiin, asiakkaita tulisi paikalle paljon lisää.

Nyt paikalla olivat vain Laura ja Jaska Purola, sekä viimeksi tulleet Jaakko Mäentakainen ja Niilo Aivantupa.

Pari muutakin viinanostajaa oli paikalla käynyt, mutta olivat jatkaneet matkaa pullot mukanaan. Jäljelle jääneistä Laura teki lähtöä kotiin. Ehkä ruumiin näkeminen oli järkyttänyt naista. Laurasta hän ei olisi halunnut luopua. Hän tiesi, että kun vain yksikin nainen seurassa oli, niin juopuneet miehet levittäisivät rahojaan ja se toisi paikalle lisää viinan ostajia. Hyvällä onnella hän voisi myydä kaikki Oskarin viinat ennen kuin kukaan trokaria kaipaisi. Hän ajatteli, että hänellä oli kaksi keinoa pitää Laura paikalla. Toinen oli se, että juottaisi Lauralle viinaa niin paljon ettei tämä kotiin pystyisi kävelemään. Toinen ja parempi vaihtoehto olisi, jos Laura olisi paikan emäntänä, tekisi ruokaa, tiskaisi ja siivoaisi. Siitä hän voisi Lauralle vaikka maksaa.

Matias oli ilmestynyt hänen selän taa, nyki häntä hihasta, sanoi:

– Kun se ruumis on vielä siellä komerossa. Pitäisikö se siirtää muualle?

– Joo kannettaan Tomuseula kellariin, muisti Artturi, kääntyi selittämään muille. – Me käydään petaamassa Lauralle sänky. Pitäkää te itsellenne seuraa sillä aikaa.

Oskari Tomuseula ei eläessään ollut mikään kevyt mies ja tuntui että kuoltuaan painoi entistä enemmän.

He kiskoivat ruumiin komerosta makuuhuoneen ovelle, mutta voimat loppuivat jo siihen.

– Minä haen apuvoimia, päätti Artturi. – Ei me niistä portaista kaksistaan selvitä.

Matias jäi miettimään sitä, että mitä kummaa hän nyt oli tekemässä. Hän oli piilottamassa ruumista vielä uudelleen, tapettua ihmistä, rikoksen uhria. Hänen olisi pitänyt ilmoittaa ruumiista poliisille, viimeistään silloin kun tajusi että Tomuseula oli tapettu.

Artturi palasi touhukkaana, kulki suoraan viinakassin luo, selitti:

– Tuli uusia asiakkaita. Mutta palaan ihan kohta.

Matias istui vuoteelle niin päin, että ei näe ruumista. Yöpöydällä oli vielä Hennessy pullo. Hän maistoi suullisen. Hänen mieleen tuli vaimo. Tuskin vaimo hänestä huolissaan olisi, olihan hän aina mennyt aikojaan, milloin johonkin töihin, milloin juopottelemaan. Joskus vuosikymmeniä aikaisemmin vaimo oli joskus soitellut perään, etsinyt häntä sairaaloista ja poliisien säilytystiloista. Niinä kertoina vaimo oli löytänyt hänet aina aivan viattomasta seurasta. Olipa vaimo kerran tullut etsimään häntä työmaalta, kun hän oli ollut työssä aivan selvin päin. Oli vaimo kai oppinut luottamaan häneen, niin kummalta kuin se tuntuikin.

Matias kääntyi katsomaan ruumista. Tomuseula makasi lattialla aivan kuin olisi siihen nukahtanut. Vain toinen käsi oli oudosti koholla. Se oli ilmassa tyhjän päällä. Kai se oli jäykistynyt asentoonsa silloin kun ruumista tungettiin komeroon. Nyt kun ruumis makasi selällään, käsi oli kuin tervehdykseen koholla. Ja rinnassa oli puukko, lyöty niin syvälle rintaan kuin vain mies jaksaa lyödä.

Matiaksen teki mieli kotiin vaimon luo. Vaimo tosin oli töissä ja palaisi vasta illan suussa lähteäkseen jonnekin. Hän joutuisi kotona olemaan yksin ja krapula tulisi vieraaksi miltei saman tien kun hän kotiin pääsisi.

Hän ajatteli sitten Artturia. Artturi myi Tomuseulan viinoja ja kääri saamansa rahat omaan taskuun. Voisiko hän Artturilta vaatia, että Artturi ottaisi Tomuseulan löytämisestä kunnian itselleen. Artturi saisi selittää poliisille aivan mitä mielisi, syitä siihen miksei ruumista oltu heti ilmoitettu. Artturi oli puhemies ja Artturilta sellaisen selittely ja pienen valheenkin kertominen helposti tuntui onnistuvan. Hän puolestaan voisi todistaa, että Artturi puhui totta. Hän tekisi vaikka väärän valan jos asiat niin pitkälle etenisivät.

Hän astui ruumiin luo, väänsi käden niin että se jäi kuin lepäämään rinnan päälle. Tomuseula näytti jo aivan kuin olisi viinasta sammunut lattialle. Vain tuo rinnassa nököttävä puukonkahva mursi kuvaa. Samoin teki suusta ulos valahtanut kieli.

Hän tarttui puukkoon kiinni, veti sen ulos rinnasta. Samassa hän voi pahoin. Tuntui kuin kuolema koskettaisi häntä todella vasta nyt kun hän veti puukon pois haavasta ja puukonterässä veri näytti punaiselta ja tuoreelta. Mieshän oli vielä eilen elänyt.

Puukonkärjellä hän yritti työntää vainajan kielen takaisin suuhun. Kieli ei tahtonut asettua kuulumaansa paikkaa, lipsahti samassa takaisin ulos. Toisella yrityksellä puukonkärki upposi kieleen sisälle. Oli pakko tarttua kieleen paljain käsin, työntää se suuhun, samalla toisella kädellä painaa alaleuka kiinni.

Hän veti päiväpeitteen ruumiin päälle, kiirehti ulos. Piti saada nopeasti raitista ilmaa keuhkoihin.

Pihalle väkeä oli kerääntynyt lisää. Lauran ei enää tehnyt mieli kotiin. Viimeksi tulleet viinan ostajat olivat siinä kunnossa, että yrittivät yhteislaulua.

Hän asteli Artturin luo, sanoi:

– Se ruumis, se on vielä siellä.

– Mitä se nyt oikeastaan haittaakaan, sanoi Artturi. – Jos ei päästetä väkeä sisälle ollenkaan.

– Illemmalla tunkevat sisälle kuitenkin. Nyt se makaa lattialla. Ei sitä nyt ainakaan siihen voi jättää.

– Minä tulen aivan kohta kantamaan, sanoi Artturi.

Matias jäi rapuille katsomaan väkeä. Miten huolettomilta juopuneet näyttivätkään, kuin pikkulapsilta. Vaikutti että hän oli ainoa paikallaolijoista jolla oli huolia. Kyllä hänen pitäisi saada Artturi suostumaan tuumaansa, ottamaan kunnia ruumiin löytymisestä ja sitten hänkin voisi huoletta juopotella.

Artturi toi mukanaan kaksi miestä, Nisse Sampakan ja Eino Mäkelän. Matias ei kovin hyvin tuntenut kumpaistakaan, oli toki molemmat usein tavannut. Aivan yleisesti kylällä kerrottiin, että molemmat olivat jo nuorina juoneet Tenua, myöhemmin jotain Lasolia. Aivan sellaisiin juomapiireihin hän ei ollut koskaan vetoa tuntenut.

Kantotyössä Artturi otti itselleen helpoimman työn. Nisse tarttui ruumista toisesta kädestä, hän toisesta ja Einolle jäi jalat. Artturi juoksi aukomaan ja sulkemaan ovia sitä mukaa kun matka edistyi.

– Onko Tomuseula sammunut vai, ihmetteli Eino kun he asettivat ruumista perunalaariin makuulle. – Nukkuu niin sikeästi kuin vain viinasta voi.

– On siinä ukossa painoa, sanoi Nisse.

Artturi lähetti miehet pois, sanoi:

– Minä korvaan kyllä tämän työn, viinalla. Sitä löytyy kyllä.

Matias katsoi ruumista. Taas Oskari Tomuseula näytti aivan kuin nukkuisi, paitsi että nyt kädet olivat jääneet sojottamaan ylös. Hän väänsi kädet ruumiin rinnan päälle ristiin.

Artturi istui rapuille, Matias kurkkupurkin päälle.

– Täällähän se viileässä säilyy hyvin, totesi Artturi. – Olisi pitänyt tuoda se heti tänne. Siinä on Oskarin niin hyvä maata. Ja viinaa menee kaupaksi niin pirusti. Minä vähän ajattelin, että jatkaisin näitä Oskarin hommia. Haen Virosta viinaa ja myyn.

– Minä taas ajattelin sitä, että kun minä löysin ruumiin. Että mitä jos sanotaan että sinä löysit sen?

– Mitäpä väliä sillä on, ihmetteli Artturi. – Sinäkö sen puukon nykäisit irti?

– Joo, minä vedin puukon irti. Ajattelin, että on parempi, jos muut eivät sitä näe.

– Se on ihan oikein ajateltu. Mitäpä se kaikille kuuluu?

Artturi nousi, katsoi ruumista ja sanoi:

– Siinä se lepää Oskari Tomuseula. Ja puukko oli niin syvällä rinnassa, että osa kahvaakin oli kadonnut.

Artturi kiipesi ovelle, vilkaisi sieltä vielä taakseen, sanoi:

– On sinulla karhun voimat.

Matias havahtui myös.

– Mitä voimia minulla nyt muka on. Kantaahan sitä...

Hän kääntyi katsomaan Artturia, mutta tämä oli jo mennyt. Mitä Artturi oli tarkoittanut sillä, että hänellä muka on karhun voimat. Sitäkö kun jaksoi kantaa pääpuolesta painavaa miestä, vai sitä että oli jaksanut vetää puukon pois ruumiin rinnasta, vai sitä että muka olisi lyönyt puukon niin syvälle.

Vai oliko Artturi puhunut ruumiille?

Hän kapusi ylös, astui ulko-ovelle. Juomareita oli pihalla piirissä. Viinapullo kiersi piiriä kaiken aikaa. Artturi seisoi piirin takana, vartio laumaa. Maantietä käveli nainen. Matias tunnisti naisen rouva Ruutanaksi. Rouva näytti tarkkailevan Tomuseulan pihaa, aivan kuin yrittäisi tunnistaa jokaisen pihalla olijan. Matias arvasi, että tieto Tomuseulan luona vietettävistä juhlista kiirisi pian kylän jokaiseen keittiöön.

Naisen mentyä hän asteli piiriin mukaan. Jo samassa kun istui maahan, joku työnsi hänellä viinapullon.

Kumman nopeasti juopotellessa päivä vierähti iltaan. Väkeä tuli paikalle lisää, niin että vaikka juomareita myös poistui ja osa kompuroi sivummalle nukkumaan, niin piiri pihalla kasvoi.

Illalla Artturi talutti Lauran Tomuseulan vuoteeseen, mutta ei itse jäänyt seuraksi. Kauppa kävi edelleen hyvin ja setelinippu Artturin taskussa kasvoi.

Ennen puolta Tomuseulan kammari täyttyi nukkujista. Osa jäi nukkumaan saunaan.

4.

Matias havahtui yöllä. Kellon aikaa hän ei tiennyt. Oma rannekello oli taskussa, kun sen metalliranneke teki ranteen kipeäksi. Hän nousi sen verran, että näkisi ajan seinältä, mutta vaikka kellon näki, ei hän nähnyt mitä se näytti. Oli noustava ylös, käveltävä lähemmäksi. Kello oli vasta kaksi. Ei hän ollut nukkunut kuin pari tuntia.

Kamaria kiertävän penkin olivat nukkujat vallanneet. Ei hän jaksanut laskea montako heitä oli, mutta arveli että ainakin puoli tusinaa. Saattoipa joku nukkua lattiallakin sellaisessa paikassa mihin hän ei sijaltaan nähnyt.

Hän paneutui takaisin makuulle. Edellinen päivä kulki silmien ohi, ajatus takertui paikkoihin joissa hänen olisi pitänyt tehdä jotain, tai olla tekemättä mitään. Ei olisi pitänyt tulla ollenkaan Tomuseulan luo viinaa etsimään, ei ainakaan olisi pitänyt kulkea portista sisälle omine lupineen, ei olisi pitänyt astua kynnyksen yli vaikka ovi auki olikin, varsinkaan ei olisi pitänyt tunkeutua makuuhuoneen. Toisaalta hänen olisi pitänyt ilmoittaa viranomaisille heti kun löysi Oskari Tomuseulan kuolleena. Päivä oli kuin ketju pieniä päätöksiä, jotka kaikki olivat menneet vikaan.

Eilisille hän ei mitään voisi, pitäisi miettiä jo huomista ja sitä, miten huomenna selittäisi Artturille, ettei hän ollut ruumista löytänyt vaan Artturi. Jos saisi siitä Artturin lupauksen, hän voisi palata kotiin.

Nyt kotona vaimo nukkui yksinään parivuoteessa. Mutta jos hän siinä kunnossa kotiin palaisi, ei vaimo häntä vuoteeseen viereensä päästäsi, hyvä jos päästäisi edes sohvalle olohuoneeseen.

Pitäisi myös viimein miettiä sitäkin, että kuka Oskari Tomuseulan oli tappanut. Jossain oli joku viisas sanonut, että murhaaja palaa aina rikospaikalle. Mutta nyt ihmisiä oli ilmestynyt paikalle turhan paljon. Eivät he kaikki voineet olla syyllisiä. Tomuseula oli kuollut hänen tullessa taloon ja silloin hän ei muita ollut nähnyt. Hänen jälkeensä oli tullut Artturi Vehmanen. Mikä Artturi Vehmanen oikein oli miehiään? Työtä vieroksuva juomari, sen hän tiesi. Mutta miksi Artturi olisi Tomuseulan tappanut ja palannut oitis murhapaikalle.

Mutta jos Artturi ei ollut murhapaikalta poistunutkaan, oli ollut piilossa hänen paikalle tullessa. Mutta miksi? Oliko Artturi Vehmanen ollut ryöstämässä Tomuseulan viinavarastoja ja hän oli keskeyttänyt Artturin aikeet?

Seuraavaksi paikalle oli ilmestynyt Laura Uomanne. Laura oli tuonut Tomuseulalle sukkaa jalkaan sovitettavaksi. Mutta miksi oli tuonut vain yhden sukan? Oliko viisasta lähteä matkan takaa tuomaan Tomuseulalle yhtä sukkaa? Vai oliko Laura kuvitellut, että Tomuseula maksaisi osan palkasta työn ollessa puolivälissä? Tuskin yhdestä sukasta paljoa rahaa saisi.

Mutta puukko Tomuseulan rinnassa, se oli lyöty niin syvälle, että kahvakin oli osin tunkeutunut kylkiluiden väliin piiloon. Pystyisikö muka hentoinen, vanhahko nainen niin lujaa puukolla lyömään. Ei, kyllä rikoksen tekotapa viittasi enemmän Artturiin kuin Lauraan.

Mutta vaikea oli uskoa, että Artturi pystyisi tappamaan jonkun. Artturi kulki kuin lehti tuulessa, ei suunnitellut mitään. Jos tilaisuus tuli eteen, käytti sen toki mitään miettimättä hyväkseen.

Kun he olivat kantaneet ruumiin kellariin, oli Artturi sanonut: ”On sinulla karhun voimat.” Mitä Artturi sillä oli tarkoittanut? Se oli kuulostanut aivan siltä, kuin Artturi epäilisi hänen lyöneen puukon Tomuseulan rintaan.

Seuraavaksi paikalle ilmestyivät Niilo Aivantupa ja Jaakko Mäentakainen. Vai oliko Jaska Purola tullut heitä ennen. Mutta yhtä kaikki, se oli tapahtunut aika paljon myöhemmin. Oliko heissä mitään epäilyttävää? He kuitenkin olivat jääneet paikalle norkoilemaan, makasivat kai nytkin kammarissa.

Kun vielä lisää viinanostajia oli tullut trokaria tapaamaan, koko revohka oli siirtynyt pihalle juomaan. Heitä oli illalla jo paljon, ehkä tusinan verran, ehkä enemmänkin.

Muuan toinen ajatus häiritsi: mikä hänet oli herättänyt? Hän muisti kuulleensa unen läpi äänen, aivan kuin joku olisi avannut oven minkä saranat olivat kitisseet.

Hetkessä Matias valpastui. Oliko joku ukoista kömpinyt Lauran viereen? Hän nousi ylös, siirtyi makuuhuoneen ovelle ja kurkisti ovenraosta sisälle. Laura vikisi unissaan, mutta vikisi yksinään. Hän sulki oven. Makuuhuoneen oven saranat eivät kitisseet.

Hän paneutui takaisin sijalleen. Uni tuntui kaikkoavan silmistä. Hän keskittyi kuuntelemaan. Tomuseulan asunto äänteli kuorsausta. Hetken kun ääniä kuunteli, hänen teki mieli ylös tutkimaan millä tavoin kukin kuorsasi.

Hän nousi vain sen verran, että näki lähimmän kuorsaajan kasvot. Se oli Artturi. Artturin kuorsaus oli juuri kuin kuorsausta tyypillisimmillään. Sen vinkuvaa sisään hengitystä seurasi aina koriseva uloshengitys. Matiaksesta tuntui, että jos joku koettaisi esittää nukkuvaa, niin takuulla tämä kuorsaisi juuri siten kuin mitä Artturi kuorsasi. Muut kuorsaukset mitä huoneessa kuului, olivat jotenkin epämääräisiä. Niihin sisältyi mutinaa, ininää, örinää, korinaa, katkonaista hengitystä, yskintää ja joku sana selkeää puhettakin. Mutta Artturi tuntui kuorsaavan aivan kuin kuorsauskoulun penkillä.

Joku huoneen toisessa päässä piereskeli yhtenään. Siitä hänen tuli paha olo. Oli päästävä ulos raittiiseen ilmaan. Ulko-ovi avautui äänettömästi.

Ulkona sää oli kirkastumaan päin. Hän muisti, että illalla oli hieman satanut, mutta niin vähän etteivät juopuneet olleet sen takia suojaan hakeutuneet. Nyt ilma oli leuto ja levollinen, vähän kostea. Pilviharsojen raoista pilkisti muutamia tähtiä.

Hän ajatteli, että voisi lähteä kotiin. Kun saisi Artturin kanssa sovittua, että Artturi oli löytänyt ruumiin eikä hän, niin hän voisi palata kotiin vaimon viereen. Vähän aikaan olisi vaikeaa, olisi krapula. Vähän aikaa hän pitäisi välimatkaa vaimoon, ei pyrkisi vierelle yöksi. Mutta pian perhe-elämä palaisi ennalleen. Niin oli käynyt useita kertoja aikaisemmin. Vaimo oli sisar hento valkoinen, sairaanhoitaja ammatiltaan, vapaa-aikoina oli mukana Marttojen toiminnassa ja myös punaisen ristin toimissa. Ei Matias edes tiennyt, missä kaikessa vaimo mukana oli. Mutta vaimo hoitaisi hänet, kuten hoiti sairaalassa sairaita. Se tuntui olevan vaimo tehtävä ja työ, koko elämä.

Niin se oli aina ollut. Vaimo oli hoitanut lapset, silloin kun lapset vielä pieniä olivat. Hän oli ajautunut lapsista aina vain kauemmaksi. Vasta nyt hän tajusi senkin, että hän aina juopotellessa ajautui lapsistaan kauemmaksi, vaikka juuri juopotellessaan hän heitä usein lähelleen kaipasi. Mutta vaimo taas ei hänen juopotellessa lapsia hänen lähelle päästänyt.

Hän ajatteli, että ehkä vaimo silloin kun viimein tajusi, ettei hänen juopottelulle ikinä loppua tulisi, oli tahallaan vieroittanut lapset hänestä.

Mutta ei hän siitä vaimolle katkera ollut. Hän oli aivan varma, että vaimo pystyi lapset hoitamaan paremmin kuin hän.

Heidän perheessä hänen tehtävä oli käydä töissä ja ansaita rahaa ja niin hän oli tehnytkin niin kauan kuin terveys oli sallinut. Tilipussin hän oli aina tuonut vaimolleen, saanut itselleen vain pienen osan jota säästeli kunnes sen joi.

Hän muisti ajan jolloin he ensimmäisen kerran tapasivat. Hän oli ollut kännissä enemmän kuin kai koskaan. Helena oli saattanut hänet kotiin, vaikka hänen piti saattaa Helenaa. Helena oli tukenut häntä parin kilometrin matkan kyläbaarista Helenan kotiin. Silloin Helena oli tehnyt hänelle sohvalle vuoteen.

Ei hän silloin tiennyt Helenasta yhtään mitään. Aamulla hän oli aikonut livahtaa pois ennen Helenan heräämistä, mutta ei löytänyt kenkiä. Vielä kahvipöydässä hän oli ollut hämillään, ei ollut keksinyt mitä sanoisi. Mutta Helena oli toisen kupillisen jälkeen sanonut:

"Mikset jää tänne?"

Hän oli jäänyt. Se oli käynyt niin mutkattomasti, että hänelle jäi tunne kuin Helena olisi tuntenut hänet vuosikausia, suunnitellut kaiken valmiiksi. Hän oppi Helenan tuntemaan vasta paljon myöhemmin. Vai tunsiko hän vaimoaan vieläkään?

Sisältä kuului jotain ääntä. Kuulosti että äänet olivat lähtöisin keittiöstä.

Hän palasi sisälle. Joku keittiössä oli, mutta ei ollut sytyttänyt valoja. Hahmo seisoi ikkunan edessä, näytti että mies tutkaili tarkasti ulos. Kun hän lähestyi, mies kääntyi. Ei hän tuntenut tätä vieläkään, vilkaisi kamarissa nukkujia. Hän astui keittiöön, käsi hamusi katkaisijaa.

– Kai sitä pienet parantavat otetaan, sanoi Eero Kourula. – Ei tästä muuten parane. Ei lähde päivä käyntiin.

– Jaa, no mikä ettei, sanoi Matias. – Joko se kello on mitenkä paljon?

– En minä kellosta mitään tiedä, mutta aamua se kohta kai pukkaa. Voisi sitä vaikka kahvit kiehauttaa.

– Keitetään kahvit ja katsellaan auringonnousua. Eikö se kohta ala?

Kourula sytytti valon vain lieden yllä olevaan tuulettimeen. Keittiössä näki silti hyvin.

Kourula löysi kaapista kahvia, tiesi missä keitin sijaitsi, löysi sokeria kahvin joukkoon.

Hän istui pöydän ääreen, antoi Kourulan hoitaa tarjoilua. Pöydällä oli tyhjiä pulloja, mutta myös vajaita viina- ja viinipulloja.

Matias tiesi, että Eero Kourula nouti Tomuseulalle viinaa Virosta. Tuntui että Kourula olisi siten Tomuseulalle lähempi tuttava kuin hän ja hän ajatteli, että hänen kai pitää kertoa.

– Niin, pitää kai kertoa sinulle se, että se Oskari Tomuseula, hän on kuollut.

– Vai on kuollut, toisti Eero. – Onko täällä nyt joku muistotilaisuus vai?

– Ei, vasta tuo eilen kuoli.

– Eilen kuoli, ja nyt jo ryyppäätte lähtiäisiä.

– Eli voi olla että kuoli tänäänkin.

– Tänään, ei nyt tänään kukaan ole ehtinyt kuolla, väitti Eero. – Eihän kello ole vielä paljoa mitään.

– Tai siis hän kuoli eilen tai toissapäivänä.

– No etkö sinä tiedä sitä?

– En tiedä tarkasti. Eilen aamulla tuo ainakin oli kuollut. Siis eilen aamulla siinä kuuden tai seitsemän aikaan, kun minä paikalle tulin. Saattaa olla että oli kuollut jo edellisenä iltana tai yönä. Aamulla makasi omassa sängyssä kuolleena.

– Kävikö ruumisauto hakemassa sen pois?

– Ei ole vielä käynyt. Katsos, kun en minä ole vielä siitä kertonut. Artturi siitä tietää ja Laura, ja nyt sinä.

– Te sitten ryyppäätte Tomuseulan viinoja, vaikka Tomuseula itse on kuollut.

– Niin me vähän ajateltiin. Tai sen Artturin kanssa ajateltiin, että mitäpä Tomuseula viinoilla tekee, kun on kuollut. Että juodaan pois.

Matias vilkaisi huolestuneena Eeroa. Miten tämä mahtoi suhtautua Tomuseulan kuolemaan ja siihen että Tomuseulan viinat juotiin pois. Mutta ei hän Eeron kasvoilta pystynyt mitään lukemaan.

Kahvin joukossa votka maistui ja pian kaadettiin toiset mukilliset.

Kello neljältä hän kävi uudelleen levolle.

5.

Aamulla Matias tunsi olonsa lähes selväksi. Ajatus kulki päässä kirkkaana. Hän teki suunnitelman, päätti pysyä siinä. Hän selvittäisi asiat Artturin kanssa, lähtisi sitten kotiin.

Keittiössä oli jo väkeä kahvilla.

Matias päätti juoda ensin mukillisen kahvia, että ajatus kirkastuisi entisestään. Joku kaatoi hänen kahvimukiin tilkan votkaa.

Laura makasi Tomuseulan vuoteessa, ei noussut vaikka kuuli että väki jo oli hereillä ja aamukahvilla keittiössä. Hän muisteli Oskaria.

Hän oli lukuisia kertoja käynyt Oskarin luona siivoamassa, jopa paljon useammin kuin oli tarvis. Oskari oli siisti ja jämpti mies, siivosi paikat sitä mukaa itse kun niitä sotki. Hänen siivoilu oli ollut lähinnä pölyjen pyyhkimistä. Monen kuukauden tuttavuuden jälkeen Oskari oli ehdottanut, että hänkin lähtisi Viroon lautalla ja toisi tullessaan viinaa ja tupakkaa niin paljon kuin tullin läpi saa tuoduksi.

Oskari oli maalaillut ruusuisen näkymän muulin ammatista. Hän voisi ensimmäiset retket Viroon tehdä Aulis Vihavaisen kanssa. Hän pääsisi henkilöautolla terminaalin ovelle ja sama auto olisi odottamassa takaisin tullessa. Hän vain kävelisi laivaan, viettäisi ajan miten parhaiten taitaa. Perillä pitäisi vain Vihavaisen perässä kulkea paikkoihin, missä Oskarin tutut kauppiaat olivat. Sitten vain hankkia tavarat mitä Oskari tarvitsi, kantaa ne laivaan ja Suomessa tullin läpi satamaan. Koko laivamatkan ajan hän saisi levätä.

Oskari sai sen kuulostamaan helpolta ja hauskalta. Mutta miksi hänestä oli silloin tuntunut siltä, kuin että Oskari olisi houkutellut hänet ansaan. Oliko Oskari vain iso hämähäkki, joka odotti talossaan että hän käveli verkkoon ja takertuisi siihen.

Mutta herrasmies hämähäkki, hän havahtui Oskaria puolustamaan. Turhaan kylän juoruajat heistä mitään puhuivat. Oskari ja hän, vain ystäviä.

Artturi ajatteli valveilla maatessaan, että hän jatkaa Oskari Tomuseulan töitä. Sillä tavoin rahaa tuntui kertyvän. Kun hän olisi myynyt Oskarin viinavaraston tyhjäksi, hän voisi itse lähteä hakemaan Virosta lisää. Hän toisi ainakin aluksi tullin läpi viinaa ja tupakkaa vain sen verran minkä laki sallii, myisi ne Suomessa, lähtisi heti uudelleen. Hän voisi käydä Virossa vaikka joka päivä.

Huolta tuotti vain se, että missä hän asuisi Suomessa ollessaan. Ei hän Oskarin asuntoon voisi jäädä, sen hän ymmärsi. Ei hän voisi myöskään mamman luona ryhtyä viinanmyyjäksi. Nuorena hän toki olisi myynyt viinoja kotoa käsin, mutta ei enää. Muutos oli tapahtunut jo vuosia aikaisemmin. Silloin hän oli erehtynyt lainaamaan rahaa eräältä Ryppylän Veijolta. Kun hän jätti maksamatta, Veijo oli suureen ääneen puhunut asiasta vähän joka puolella, ei pelkästään kapakoissa tai ryyppyseuroissa. Tieto oli kiirinyt myös mamman korviin ja mamma oli käynyt maksamassa hänen velat ennen kuin hän ehti hätiin.

Hän oli sen jälkeen osin muuttanut elämäntapojaan, häiritsi äitiä niin vähän kuin mahdollista. Hän ei enää edes lainaillut rahaa, kuin mitä nyt joskus.

Sellainen syö miestä, kun vanha äiti joutuu poikansa velkoja maksamaan.

Mutta ehkä hän voisi hoitaa liikeasioita saunassa, hän ajatteli. Mamma oli tullut siihen ikään, ettei saunaa enää paljoa tarvinnut. Jos liikeasiat oikein hyvin sujuisivat, hän voisi rakennuttaa mamman asuntoon sisäsaunan, muuttaa itse vallan ulkorakennukseen.

Iso munalukko oveen ja kalterit ikkunoihin, hän päätti.

6.

Aamulla moni juomari jatkoi siitä mihin illalla oli jäänyt. Tuntui ettei välissä yötä ollutkaan. Kahvin sekaan kaadettiin viinaa ja pian juotiin viinaa ilman kahvia. Se osa väestä joka oli nukkunut saunassa yön, jatkoi juomista pihalla.

Keittiössä Artturi tutki talon muonavaroja:

– Ei hätiä, vakuutti Artturi. – Ei me täällä ainakaan nälkään kuolla. Kellarissa näytti olevan yllin kyllin pottuja ja muuta sellaista. Pakastin on täpötäynnä ruokaa. Jahka Laura kunnolla herää, niin ehkä sitten syödään oikein kunnolla. Meinaan että kun emäntä valmistaa ruuan, niin se paremmalta maistuu.

Lauran tullessa keittiöön Matias jäi katsomaan tämän selkää. Lauran kermanvärinen paita oli selkäpuolta ruosteenpunainen. Hän arvasi että punainen väri oli Oskari Tomuseulan verta.

Matias oli keittiössä odottanut että voisi Artturille esittää asiansa. Mutta Artturi oli kovin kiireinen. Sopivaa tilaisuutta odottaessa Matias oli juonut kaksi mukillista viinalla vahvistettua kahvia. Hän asteli kammariin jaloittelemaan, mutta siellä hänelle tarjottiin viiniä. Aamuiset ajatukset pakenivat päästä. Mieleen tuli uusia ajatuksia, kuten sellainen, että hän voisi maistella väkijuomia ainakin iltapäivään, laittautua kotiin vasta illansuussa kun vaimo palaa töistä.

Artturi asteli makuuhuoneeseen niin kiireesti, ettei hän ennättänyt pysäyttää tätä vaikka hän juuri Artturia oli odottanut. Takaisin tullessa Artturilla oli flanellipaita kädessä, asetti sen keittiössä vilusta tai krapulasta vapisevan Lauran hartioille.

Kun Artturi tuli seuraavan kerran kammariin, hän onnistui pysäyttämään miehen.

– Kasaa sinä ne veriset sänkyvaatteet muovikassiin, Artturi sanoi. – Taitaa olla parasta hävittää ne. Ei kai niitä pesemään kannata ruveta. Mutta saunan minä tänään lämmitän. Ja omat vaatteeni kyllä laitan pesukoneeseen. Näkyi liiterissä olevan puita. Aika huonoja puita kyllä ovat. Pitäisikö siltä Lyytikäiseltä tilata tänne kunnon koivuhalkoja? Mutta ei se nyt tämän päivän asia ole.

Matias hämmästyi sanattomaksi. Vaikutti että Artturi aikoi ottaa Tomuseulan asunnon hallintaansa noin vain.

– Pitäisi saada Laura vaihtamaan vaatteita, jatkoi Artturi. – Pitää se kai saunaan houkutella pesulle ja sillä aikaa hävittää se verinen paita. Niin se taitaa olla parasta.

Artturi mittasi katseella seinää. Matias ei seinässä nähnyt mitään outoa, vain tapetin. Silti Artturi tutki seinää monelta puolelta.

Matias sanoi:

– Sitä minä mietin, että pitäisikö jo pian ilmoittaa jollekin siitä ruumiista.

– Älä sinä siitä huolehdi, tokaisi Artturi.

– Mutta sitä minä vaan, että kun minähän sen löysin.

– Jätä kaikki minun huoleksi.

– Että jos joku kysyy, niin minä en ruumista löytänyt, vaan sinä.

– No sovitaan vaikka niin. Eikö siitä eilen jo puhuttu?

– Että sinä saat kaiken, viinat ja rahat ja mitä vaan löydät. Saunapuutkin. Kaiken mitä löydät ja sen päälle huolet ruumiista. Minä en sitä ruumista ole koskaan nähnytkään. Sitä minä vaan, kun minun olisi pitänyt heti siitä ilmoittaa poliisille. Se minua on jäänyt siinä vaivaamaan, se kun en ilmoittanut.

– Toki minä yritän auttaa kaveria, sanoi Artturi jotenkin kyllästyneesti. – Ilman muuta yritän. Kyllä tässä keinot keksitään. Mutta yritä sinä nyt vuorostasi auttaa minua.

– Jaa miten?

– Koeta saada Laura riisumaan paitansa. Ja niin ettei se sitä löydä enää, ei löydä ainakaan ennen kuin se on pesty. Ihan vain siksi, ettei nosta siitä meteliä. Minä pyydän jonkun muun hävittämään ne veriset lakanat ja patjan.

Kun vielä ruumis pidetään piilossa, saadaan aikaa miettiä. Mistä se Eero muuten tiesi, että Oskari on kuollut?

– Niin, minä sen sille taisin yöllä kertoa.

– Tietääkö se että Oskari on tapettu?

– En minä kai siitä maininnut mitään. Siitähän minun piti mainita, että yöllä heräsin kai siihen kun joku lähti talosta.

– Mitä sitten?

– Sitä vaan, että olisiko se ollut Tomuseulan tappaja joka silloin lähti.

– Voi olla.

Artturi jatkoi taivallusta huoneissa. Matias jäi miettimään sitä, että aikoiko Artturi piilottaa ruumiin muilta, haudata sen vähin äänin jonnekin. Aikoiko sitten omia Tomuseulan jäämistön itselleen? Se tuntui niin julkealta, että se voisi jopa onnistua.

Hänen pitäisi riisua Lauran paita. Sittenkö hän pääsisi kaikesta eroon?

Hän löysi Lauran ja Eeron keittiöstä. Muut olivat siirtyneet pihalle päivää paistattelemaan. Laura ja Eero istuivat aivan vierekkäin, lähempänä toisiaan kuin olisi ollut tarvis. Heidän edessä pöydällä oli paitsi viinaa ja kahvia, niin myös Lauran kutoma sukka. Sitä he hipelöivät vuorotellen aivan kuin se olisi heidän yhteinen rakas.

Matias ajatteli, että he vain hakivat turvaa toisistaan, että molempia oli Tomuseulan kuolema koskettanut niin syvältä, että hakivat turvaa elävistä. Olivathan nämä molemmat tunteneet Tomuseulan paremmin kuin hän, Laura kutonut sukkaa Tomuseulalle, Eero käynyt monasti Virossa hakemassa Tomuseulalle viinaa.

Pannussa oli kahvia jäljellä. Hän kaatoi mukillisen, istui pöytään. Eero työnsi viinapullon häntä kohti.

– Se minua tässä eniten harmittaa, kun jäi tuo sukka tähteeksi, Laura sanoi:

– Kyllä sille käyttöä löytyy, vakuutti Eero. – Kudot vaan toisen samanlaisen.

Kun Laura hetkeksi poistui, Matias kertoi Eerolle:

– Nyt on pieni ongelma. Meidän pitäisi saada Lauran
paita.

– Meidän? Minkä takia?

– Näitkö miten likainen se selkäpuolelta on.

– Taisin nähdä. Mutta mitä sitten? Sen kun pyydät
Lauralta.

– Niin mutta siinä se ongelma juuri on. Pitää minun
sinulle kertoa, että tämä liittyy siihen Tomuseulaan.

– Mutta Oskarihan on kuollut. Mitä Oskari Lauran pai-
dalla tekisi, sen enempää kuin sukallakaan.

– Kuollut on niin, ja pysyvästi kuollut. Tietää sen Lau-
rakin, mutta Laura ei vielä tiedä, että Tomuseula kuoli
vuoteeseen ja että kuollessaan valui verta.

– Älä perkele.

– Niin siinä on käynyt. Ja tuo lika mikä on Lauran pai-
dassa, se on Tomuseulan verta. Ajattelin, tai oikeasti Art-
turi ajatteli, ettei ihan vielä kerrota muille mitään, ei
Laurallekaan.

– Miten kauan te aiotte asian salata, kysyi Eero.

– En tiedä. Kyllä minä kerron sitten kun tiedän. Tai
kysy Artturilta. Artturi se Tomuseulan ruumiin löysi.

Joku huusi talossa suureen ääneen. Se jähmetti miehet
pöydän ääreen.

– Minä arvasin, minä arvasin!

Se oli Artturin ääni. Matias kiirehti kammariin.

Artturi seisoi kammarissa. Seinälle siihen kohti oli
ilmestynyt reikä, kapean oven kokoinen reikä. Ovikin siinä
oli. Kun kurkisti Artturin olan yli, näki hän kapean huo-
neen, paremminkin ison komeron.

Joku juomari ilmestyi ulko-ovelle, kysyi:

– Onko joku kuollut?

Nuo kolme miestä vaikka tiesivät, eivät myöntäneet.
Artturi sanoi:

– Ei ole, ei ole mitään hätää. Jatkakaa vaan juomista.

– Minä arvasin että sillä on jossain viinaa piilossa. Olin
ihan varma siitä. Ja löytyihän se, kun vaan etsin. En kyllä
olisi uskonut että on oikein pieni huone. Viinaa on ja kaljaa

on ja tupakkaa on ja vaikka millä mitalla. Mikäs meidän nyt on ollessa?

Artturi oli jo huoneen sisällä tutkimassa löytöään.

Matias astui ovelle katsomaan. Huoneen jokaisella seinällä oli hyllyjä ja hyllyillä viina- ja viinipulloja, tupakkakartonkeja ja mitä lie kaikkea muuta. Alimmilla hyllyillä kaljakoppia niin paljon, että ne peittivät lattiankin. Noukkiakseen hyllyltä tavaraa, piti kävellä kaljakorien päällä.

– On täällä Oskarilla ollut oltavat, ihaili Artturi.

Artturi oli jo aloittanut inventaarion, mutta keskeytti samassa huolestuneena.

– Ei passaakaan noille kaikille tästä kertoa. Vain me kolme tästä nyt tiedetään, muiden ei tarvis tietääkään.

Laura asteli arasti paikalle, kysyi:

– Mitä täällä kiljutaan?

– Vain me neljä tiedetään, korjasi Artturi, sulki kapean oven. Saranat kitisivät ja ääni toi jotain Matiaksen mieleen.

Eero siirtyi Lauran vierelle, Matias tyytyväisenä havaitsi. Jos Eeron onnistuisi riisua Lauran paita ja hän hävittäisi sen, kuten oli Artturille luvannut, hän voisi lähteä kotiin. Mikään ei häntä paikalla pidättelisi. Jos Tomuseulan kuolemasta joskus myöhemmin poliisijuttu tulisi, hän olisi vain kuin yksi noista pihalla nököttävistä juopoista. Hän ei tietäisi mitään, ei muistaisi mitään.

Matias jäi katsomaan ovea jonka takana Tomuseulan viinavarasto sijaitsi. Ovi ulottui lattiasta aivan katonrajaan. Mistään kohti ei paljaalla silmällä nähnyt, että seinässä ovea olikaan.

Artturi kävi pihalla varmistamassa, että miehillä siellä riitti juomaa, palasi pian takaisin ja tullessaan väänsi ulkooven lukkoon. Hän sanoi:

– Asiakkaat sen kun lisääntyy. Muhosen Tuomas tarvitsee kohta oman pullon. Mutta juokoot nyt talon kaljoja sen aikaa, kun teen inventaariota.

Artturi kumartui seinän eteen, työnsi pikkusormen jalkalistaan, veti kapean oven auki. Taas tuo saranoiden kitinä häiritsi Matiasta.

Eero ja Laura seisoivat kauempana, eivät näyttäneet pääsevän yksimielisyyteen siitä menevätkö keittiöön vai makuuhuoneeseen.

– Kukahan täällä on tupakoinut, ihmetteli Artturi. – Bondia näkyy poltelleen. Sitä ei kai Suomen kaupoista saakaan. En ainakaan minä ole nähnyt. Ja on pullon viiniä tyhjentänyt.

Artturi osoitti nurkkaa sormella. Matias kyykistyi katsomaan. Lattialla oli tuhkaa. Tupakoija oli tupakka-askin tinapaperista valmistanut tuhkakupin, kasannut jämät siihen.

– Miksi Tomuseula täällä olisi tupakoinut, ihmetteli Matias. – Ei ole ikkunaa eikä mitään tuuletusta.

– Ei kai Oskari itse edes tupakoinut, huomautti Artturi. – En minä ainakaan ole koskaan nähnyt. Ei tupakoinut, eikä kai paljoa juonutkaan, myi vaan muille.

Artturi löysi jostain kynän ja sinikantisen vihon, ryhtyi laskemaan viinapulloja.

Matias tyytyi katsomaan ovelta pullorivejä. Hyllyillä olevat juomat oli jaoteltu niin, että lähinnä ovea oli kirkkaita viinoja, votkaa enimmäkseen. Niitä löytyi eri merkkejä sekä myös erikokoisia pulloja. Kaikki pullot olivat siististi rivissä kuin Alkon hyllyillä. Monet merkit olivat Matiakselle outoja, olivat kai Virosta peräisin. Lähinnä ovenreikää oleva merkki oli yy2koo ja sitä seurasi Viru Valge ja Smirnoff. Keskemmällä oli myös Koskenkorvaa ja Dry Vodkaa. Toisella seinustalla hyllyillä oli viinipulloja, mutta nekin tuontiviinaa, Matiakselle tuntemattomia merkkejä. Sorbuksen ja Aperitan määrä oli vähäinen. Peremmällä huonetta näkyi myös laatuisia viinoja, viskiä, konjakkia, likööriä. Alimmilla hylyillä ja lattialla oli pahvisia kaljakoppia. Matiaksesta määrä näytti siltä, että sillä määrällä olisi voinut pieni norsulauma sammuttaa janon. Savukkeita oli kymmeniä kartonkeja.

Matias palasi keittiöön, joi haaleaa kahvia. Hän ajatteli, että hänen pitäisi ajatella. Hänen pitäisi löytää paikka missä voisi ajatella. Pihalla näkyi juomareita, osa piirissä keskellä pihaa, muutamia kävelemässä sinne tänne. Heitä taisi olla jo enemmän kuin edellisenä päivänä, vaikka päivä oli vasta aivan alussa.

Eero ilmestyi ovelle, heitti hänelle Lauran paidan, sanoi:

– Me nukutaan vielä vähän aikaa.

Samassa mies oli kadonnut.

Hän työnsi Lauran paidan housuntaskuun, otti mukaan vajaan viinipullon, astui ulos.

Juomaripiirissä ei muisteltu Oskari Tomuseulaa. Miesten jutut olivat samoja kuin mitä olivat olleet ennen Tomuseulan kuolemaa ja ne jutut hän oli kuullut baarissa kymmeniä kertoja ennenkin. Ainoa huolenaihe tuntui olevan siinä, miten kauan viinat riittäisivät.

Hän jätti seuran, asteli järvenrantaa. Matkalla hän työnsi Lauran paidan kiven alle piiloon. Hän ei tiennyt miksi niin teki, tahtoi vain verisestä paidasta eroon. Hän istui rannalle muutaman metrin päähän vesirajasta, nojasi selän vasten mäntyä. Hänen oli hyvä olla. Hän oli osansa hoitanut, oli piilottanut Lauran paidan, toiminut juuri kuten Artturi oli käskenyt. Nyt kun Artturi vain pitäisi sopimuksen, kertoisi löytäneensä Tomuseulan ruumiin, hän voisi olla huoletta, lähteä kotiin milloin halutti. Hän joi lisää viiniä.

Mutta viini toi päähän taas uusia ajatuksia: Pieni huone oli täynnä viinaa ja tupakkaa. Paljonko se olisi rahaksi muutettuna? Myisikö Artturi ne kaikki ja pistäisi rahat omaan taskuun. Vai kuuluisiko siitä pieni osa hänelle?

7.

Matias oli nukahtanut rannalle. Sen hän huomasi heti kun heräsi. Hän jäi paikalleen istumaan, yritti tavoittaa ajatusta jota oli ajatellut ennen kuin nukahti. Se oli ollut jotain mukavaa, mutta ei hän tavoittanut ajatusta.

Hän katseli järvelle. Ei näkynyt veneitä, ei uimareita, ei edes vesilintuja. Vastarannalla näkyi muutamia asuntoja. Ei hän tarkkaan tiennyt kuka missäkin talossa asui. Ei hän ollut siltä kantilta useinkaan kylää katsellut. Yhdellä rannalla seisoi auto, sininen auto ja joku hahmo auton vieressä. Oliko sillä kohti yleinen uimaranta?

Mitä kauemmin katsoi, sitä enemmän auto näytti poliisiautolta.

Hän nousi, askelsi Tomuseulan asunnolle. Matkalla hän yritti vielä tavoittaa ajatuksen, jota oli ajatellut ennen nukahtamistaan. Piti oikein seisahtua nojailemaan saunanseinää. Miten vaikeaa olikin joskus saada ajatuksia pysymään kasassa, Matias huomasi. Ehkä se johtui alkoholista. Juuri ennen nukahtamistaan hän oli ajatellut jotain viisasta, jota ei herättyään heti muistanut, mutta joka lopulta tuli mieleen. Hänenhän piti Artturille ehdottaa, että hän saisi osansa Tomuseulan omaisuudesta, tai siitä osasta minkä Artturi aikoi itselleen omia. Vielä uudelleen lämmitettynäkin se tuntui järkevältä ehdotukselta. Hänhän oli se, joka Tomuseulan ruumiin oli löytänyt. Jos hän olisi oitis ilmoittanut poliisille löydöstään, niin Artturilla ei olisi enää mitään myymistä. Jos hän palkaksi vaitiolosta saisi vaikka pari kassillista viinapulloja, sehän olisi vain oikeus ja kohtuus. Vielä oli päivääkin niin paljon jäljellä, että hän ennättäisi viinoineen kotiin ennen vaimon tuloa ja ehtisi piilottamaan viinat hyvään paikkaan.

Mutta mihin hän kotona niin suuren viinamäärän piilottaisi. Sisällä talossa tai autotallissa ei ollut paikkaa, missä edes yhden viinapullon pitäisi vaimolta salassa. Oli hän sitä monesti yrittänyt. Joskus hän oli piilottanut pullon patjan sisään, mutta sen Helena oli pian löytänyt. Vessanpytyn vesisäiliö ei ollut sen parempi paikka. Liesituulettimeen piilotettua pulloa Helena oli joutunut hieman kauemmin etsimään. Autotallissa ei ollut sen parempia piiloja. Ei pulloja voisi piilottaa myöskään sille osalle pihaa, missä oli istutuksia. Vaimo voisi vapaapäivänä ryhtyä muokkaamaan maata.

Mutta hän voisi vaimon töissä ollessa kaivaa viinapullot vaikka maan sisään. Vaimohan oli häntä joskus hätistänyt ulos niittyä hoitamaan. Viimeksi Helena oli ehdottanut, että hän kaivaisi lupiineja juurineen maasta ylös. Vielä hän ei työstä ollut innostunut. Mutta jos niityltä kaivaisi lupiineja ylös juurineen, kuoppaan piilottaisi viinapullon. Piiloihin mahtuisi vaikka kaikki Tomuseulalta löydetyt pullot. Tuskin Helena sen tarkemmin tutkisi niittyä, kun vain varmistaisi sen, ettei mistään pilkistä pullokorkki esille. Aikanaan paikalle kai pitäisi istuttaa jotain niityn perinnekasveja, mutta silloin hän olisi viinat jo juonut ja hävittänyt tyhjät pullot.

Mutta kun hän sitten mietti miten selittäisi asian Artturille, ajatus katkesi ja häntä nolotti. Itse hän oli mennyt Artturille ehdottamaan, että hänellä ei ole osuutta mihinkään.

Se sai hänet ajattelemaan sitä, että hän voisi yhtä hyvin lähteä kotiin. Jos saman tien lähtisi, hän ennättäisi lämmittämään saunan ja kylpemään, pesemään itse vaatteensa ennen kuin vaimo palaisi töistä. Vaimon tullessa hän olisi puhdas ja suittu ja melkein selvin päin. Vaimo tuskin heti häntä kuulustelemaan alkaisi, ei ollut tehnyt sitä enää aikoihin. Vaimo odottaisi että hän itse kertoisi missä oli ollut ja mitä tehnyt. Ja hän lopulta kertoisi. Niin heidän välillä aina oli tapahtunut.

Hän tiesi, että vaimo vei häntä kuin pässiä narusta, oli aina vienyt. Niin hänelle olivat monet eri tuttavat sanoneet ja oli hän sen huomannut itsekin. Jo seurustelun alussa hän oli Helenan kehotuksesta jäänyt Helenan luo, ja vaikka ei nyt muistanut, hän arveli että oli kosinut juuri silloin kun Helena oli toivonut hänen kosivan. Kai he olivat saaneet kaksi lasta siksi kun Helana oli kaksi lasta halunnut. Aikanaan he olivat muuttaneet Helenan pienestä yksiöstä ensin Helenan valitsemaan rivitalo kaksioon ja paljon myöhemmin Helenan valitsemaan omakotitaloon.

Heidän perheessä vaimo oli aina tiennyt kaiken, päättänyt kaikesta. Itse hän ei naimisiin mennessä vielä tiennyt sitäkään, että oli alkoholisti. Se oli valjennut hänelle vasta sitten kun Helena oli kehottanut häntä menemään AA-kerhoon. Siitä he olivat keskustelleet avioliiton alkuvuosina monesti. Eikä hän sitä keskustelua saanut loppumaan kuin sillä, että meni AA-kerhoon, minne hän ei halunnut ja missä ei viihtynyt.

– Haudattaan kun haudataan, huusi Artturi. – Ei sillä vielä ole kiirettä. Ja peseytyä voi täälläkin. Minä lämmitän juuri saunaa. Haet vaatteita sitten joskus.

Artturi ja Eero olivat saunan edessä. Matias ei kuullut mitä Eero vastasi.

Artturi jatkoi hillitymmällä äänellä:

– Kaikki on ihan kunnossa. Saunotaan ja pestään vaatteita. Laura tekee sapuskaa meille. Haudataan Oskari sitten kun...

Joku kirkui kuin mieletön. Ääni kuului Tomuseulan asunnolta.

Artturi ja Eero pinkaisivat juoksuun.

Matias oli viinipullon juonut tyhjäksi. Tomuseulan asunnolla juomia oli lisään, hän tiesi. Vaimo oli töissä, niin että mitä hän tyhjässä asunnossa tekisi. Hän voisi saunoa ja peseytyä Artturin ja muiden mukana Tomuseulan saunassa.

Tomuseulan rapuilla oli väkeä, mutta Artturi päästi sisään vain Eeron ja itsensä. Muut valuivat takaisin pihalle rinkiin viinapullon ympärille. Hän sai koputtaa pitkän aikaa ennen kuin Eero päästi hänet sisälle.

Artturi saattoi silloin Lauraa keittiöön. Laura vapisi ja sopersi:

– Minun piti vaan katsoa, että onko siellä perunoita. Mutta siellähän on ruumis. Oskarin ruumis. Minä luulin että se olisi jo ruumishuoneella.

Artturi teki Lauralle lasiin totia, osasi lohduttaa vain:

– Kyllä se siitä. Kyllä se siitä.

– En minä ainakaan kellariin enää mene, väitti Laura. – En vahingossakaan. Siellä kai olisi perunoita ja muuta.

– Minä haen perunoita, päätti Artturi, poistui.

Eero istui Lauran vierelle, Matias heitä vastapäätä. Pöytä oli siivottu, mutta tiskipöydältä löytyi viinaa.

Laura vapisi ja Eero istui hänen vierelle.

– Missähän se minun oma paita oikein on, mutisi Laura. – Melkein uusi paita.

Matias mietti, että ehkä hänen pitäisi noutaa Lauran paita rannasta ja pestä se. Sen hän voisi hyvin tehdä illan hämärtäessä ja vaikka jo rannalla pestä paidasta isommat veritahrat.

Matias ja Eero ottivat ryyppyjä suoraan pullosta. Laura tuntui katoavan Tomuseulan paidan sisälle.

Artturi toi kellarista perunoita. Kun Laura ryhtyi kokkaamaan, Matias otti pöydältä vajaan viinapullon, kävi kammariin penkille maaten. Kammarissa oli myös Jaakko Mäentakainen, oli livahtanut sisälle samalla ovenavauksella kuin hänkin. Nyt Mäentakainen tutki Tomuseulan kirjahyllyä, otti kirjan hyllystä, avasi sen, mutta ei lukenut. Seuraavaksi otti savisen maljakon, tutki oliko maljakossa mitään sisällä.

Artturi hätisti miehen ulos.

Matiakselle Artturi sanoi:

– Kyllä meidän on vietävä Tomuseulan ruumis jonnekin muualle. Kannetaan se vaikka liiteriin taikka venevajaan.

– Mitä ne muut sanovat, jos raahataan ruumista pitkin niittyä, ihmetteli Matias.

– Jos viedään se ensin liiteriin, päätti Artturi. – Valitaan semmoinen hetki kun kukaan ei näe.

Matias mietti reittiä. Juomarit olivat vallanneet pihasta vain noin puolet, rannanpuoleisen puolen. Liiteri sijaitsi talon toisella puolella. Sinne he toki voisivat päästä juomareiden huomaamatta, mutta jos joku juuri silloin keksisi asiaa sisälle ja tulisi heitä vastaan.

– Kääritään se mattoon, sanoi Artturi. – Jos joku tulee vastaan, sanotaan että siinä on ... Mikähän siinä voisi olla?

– Vaikka matto, sanoi Matias. – Jos oltaisiin mattopyykille menossa, niin sitten se pitäisi viedä rannalle venevajaan.

– Viedään se kuitenkin jonnekin täältä, päätti Artturi. – Minä haen vaikka sen Jaakon kantamaan. Se on niin viinantuskissaan, että tekee viinaryypystä mitä vaan. Kannetaan kolmistaan ruumis liiteriin. Mitä ruumis siitä piittaa, vaikka makaisi klapikasassa.

Kellarissa ruumis kiedottiin suureen mattoon. Pää ja varpaat jäivät silti näkyviin.

Oli ollut raskas taakka saada Tomuseulan ruumis kellariin, mutta vielä raskaampaa oli se kantaa rappuja ylös, vaikka Jaakko oli kolmantena auttamassa. Joka askelmalla Tomuseulan pää kolahti ilkeästi askelmaa vasten. Matias sai vakuuttaa itselleen useaan kertaan, ettei Tomuseula sitä enää tuntenut, ei olisi tuntenut mitään vaikka pää olisi murskaantunut. Tasaisella osuudella matka sujui hieman paremmin. Ulko-ovelle kuului juopuneiden ääniä. Olivat ryhtyneet kuorolauluun. Vuorossa oli silloin ”Hopeinen kuu.” Taivaalla sen sijaan porotti aurinko kuumasti. Eteisessä he pitivät pienen neuvottelun, päättivät sitten viedä ruumiin vain liiteriin asti. Artturi sanoi:

– Voidaan se siirtää myöhemmin venevajaan. Kunhan on kuollut poissa elävien tieltä. Pääse keittiömestari kellariin.

Jaakko ja Artturi ottivat kiinni pääpuolesta, Matias sai jalkapuolen mahtumaan kainaloon. Matka liiteriin tehtiin niin nopeasti kuin päästiin. Käärö laskettiin klapikasaan. Artturi kiirehti oviaukkoon katsomaan, paniko heitä kukaan merkille.

Vasta silloin Jaakko heräsi ihmettelemään:

– Eikö se pitäisi ruumishuoneelle toimittaa, ruumis meinaan. Vai mitä te oikein aiotte?

– Myöhemmin, myöhemmin kyllä, kivahti Artturi. – Se Purola taisi nähdä kun kannettiin Oskaria. Tuleeko se nyt tänne? Minä menen vastaan ja selvitän sille asioita. Jääkää te siksi aikaa tänne ja pitäkää ovi kiinni. Älkää päästäkö ketään sisälle.

Matias sulki oven, haki istumapaikan mahdollisimman kaukaa ruumiista. Jaakko tiirasi seinälautojen raoista ulos.

Hiki valui puroina pitkin Matiaksen kasvoja. Ruumis toi mieleen sen, että Tomuseulan oli joku tappanut. Ehkä tappaja oli ollut paikalla silloin kun hän ruumiin oli löytänyt. Tappaja saattoi olla paikalla edelleen.

Hän olisi halunnut ajatella jotain muuta, vaikka niitä ajatuksia mitä oli ajatellut ennen kuin nukahti rannalle.

Hänhän oli ajatellut, että vaatisi Artturilta osan Tomuseulan jäämistöstä. Enää ajatus ei tuntunut niin kovin hyvältä. Mitä kaikkea sen eteen vielä joutuisi tekemään?

– Artturiko täällä nykyään isäntä on, keskeytti Jaakko hänen mietteet.

– On ja ei, en minä tiedä. Mitä sitten?

– Minä kun sille Oskarille olen vähän velkaa, aika paljonkin velkaa. En tiedä että kenen kanssa niitä nyt hoidan.

– Viinavelkoja vai? Kyllä minä sinuna semmoiset unohtaisin.

Jaakko oli kauan hiljaa ennen kuin jatkoi:

– Minä kun olen aika paljon velkaa. Aina kun sain eläkkeen, tulin tätä kautta lyhentämään velkaa. Sillä Oskarilla kun on panttina minun pankkikortti ja on paljon muutakin.

– Ja nyt et saa eläkerahoja pankista ulos, Matias tajusi.

– En tiedä, kun olen aina tätä kautta tilipäivänä kulkenut, lyhentänyt velkaa minkä olen pystynyt.

– Ja tehnyt sitten lisää velkaa.

– Niin. En tiedä miten saan pankista eläkerahat ulos.

- Varmasti ne rahat pankista jollain tapaa ulos saa, Matias lohdutti. - Voi tietysti olla ettei saa ihan heti, mutta melko pian.

- Niin, jospa se Artturi myisi velaksi pari pulloa.

- En tiedä. Et kai sinä nyt ainakaan nälkään kuole?

- En, mutta janoon tai kylmään voin kuollakin. Meillä muijan kanssa eletään niin, että minä maksan kaiken asumiseen liittyvän ja muija hoitaa ruuat ja muut. Ei muija ole udellet mihin loput rahoistani menee.

- Paljonko sinä sille Tomuseulalle velkaa olit? Matias kysyi.

- Enhän minä nyt hirveästi, vastasi Jaakko. - Vähän yli kymmenentuhatta.

- Herran Jumala, pääsi Matiakselta.

- Sitä on kertynyt pikkuhiljaa, sanoi Jaakko. - Sillä Oskarilla, sillä on iso läjä minun allekirjoittamia velkakirjoja. Kunhan ei vain vaimo saisi niistä tietää.

- Jos joku ne paperit ja pankkikortin on vienyt, niin ei se niitä missään levittele. Sehän saisi heti poliisit perään kyselemään Tomuseulan taposta.

- Onko Oskari tapettu? ihmetteli Jaakko.

Matias sulki suunsa että napsahti.

- Minä luulin että on vaan kuollut, sanoi Jaakko. - Tai tänne tullessa en luullut sitäkään. Sitten vähän myöhemmin luulin, että on kuollut ja ehkä jo kuopattukin. Vasta äsken tajusin että se on täällä vielä, ruumiina. Luulin että ruumisauto olisi jo vienyt miehen pois. Luulin että täällä on joku muistotilaisuus.

He vaikenivat pitkäksi toviksi. Matias mietti sitä, että jospa Jaakko oli tappanut Tomuseulan. Hän kuvitteli mielessään miten Jaakko yöllä viinanhimossaan tulee ostamaan velaksi Tomuseulalta viinapulloa, vaikka entistä velkaa on niin paljon, ettei maksamaan kykene. Tomuseula kieltäytyy myymästä. Jaakko tarttuu puukoon, iskee sen Tomuseulan sydämeen, varastaa muutaman viinapullon ja pakenee kotiin juopottelemaan. Viinojen loputtua palaa takaisin rikospaikalle hakemaan lisää viinaa, etsimään pankkikorttia ja velkakirjoja.

Hän katsoi sivusilmällä Jaakkoa. Ei mies vaikuttanut ollenkaan tappajalta, ajatteli Matias. Hän jäi miettimään paikalla olevia muita juomareita. Voisiko joku heistä olla tappaja? Voisiko tavallinen holisti olla niin kylmäverinen, että tappaa viinanmyyjän ja jää sitten juomaan tämän viinoja.

Hän nousi ja siirtyi niin että näki ovenraosta pihalla olevat juomarit. Pullo kiersi juomarilta toiselle. Monet istuivat kumarassa ja söivät. Siitä huolimatta keskustelu oli kovaäänistä ja tauotonta. Joku yritti laulaa kaiken puheensorinan päälle. Kaksi juoppoa oli käynyt pihalle nukkumaan.

Vaikea oli uskoa että kukaan heistä pystyisi miestä tappamaan. Juuri sillä hetkellä he näyttivät kuin isoilta lapsilta tai armeijan sotilailta ruokatauolla.

Samassa talon ulko-ovi avautui ja Artturi astui rapuille. Kaikki juopot kahta nukkujaa lukuun ottamatta nousivat ja kiirehtivät Artturia vastaan. Artturi antoi heille korillisen kaljaa ja koko lauma siirtyi entiselle paikalle piiriin.

Samassa juopot näyttivätkin aivan lampailta. Ehkä nuo alkoholistit olivat samanlaisia kuin hän, Matias huomasi ajattelevansa. Häntä oli monesti sanottu lampaaksi, tai jos ei lampaaksi niin ainakin pässiksi. Ehkäpä kaikki alkoholistit olivatkin lampaita, ja vain juovuksissa joskus itse tunsivat olevansa susia.

Hän kääntyi katsomaan Jaakkoa. Jaakko huomasi katseen, sanoi:

– Tavallaan olen ihan iloinen siitä kun se Tomuseula kuoli. Nyt kun tästä ryypiskelystä joskus selviän, niin sitten en haekaan Tomuseulalta aamuyöllä viinapulloa velaksi, ja kukaties selviän ihan todella.

– Kai me voidaan jo lähteä täältä, Matias sanoi. – Mennään katsomaan jos saadaan ruokaa.

8.

Laura oli keittänyt ison kattilallisen perunoita, tehnyt makkarakastiketta. Eero ojensi ruoka-annoksia ikkunasta juomareille. Vaikka läheskään kaikki juomarit eivät syöneet, ruoka hupeni nopeasti. Matiaksen ja Jaakon tullessa syömään, oli jo toinen kattilallinen perunoita kiehumassa, kolmas satsi makkarakastiketta menossa.

Ahkeroidessa keittiössä Laura ei ollut ennättänyt viinaksia juomaan ollenkaan. Poskille oli noussut tervettä punaa, ryhti oli suoristunut. Työtä tehdessä hän unohti Oskari Tomuseulan ja sen että oli jo kahdesti törmännyt Oskarin ruumiiseen.

Vasta kun muut olivat syöneet, oli aika siirtyä itse ruokapöytään. Silloin hän muisti Oskarin. Vain noin kuukausi aikaisemmin Oskari oli ehdottanut, että hän ryhtyisi hoitamaan myös puutarhaa. Tosin mitään puutarhaa pihalla ei ollut. Oskari oli sanonut:

"Minä vaikka lapiolla käännän muutaman neliön. Sinä istutat ja myöhemmin kitket ja mitä sitten tarvis tehdä muuta. Sen verran että saadaan tilliä ainakin ja uusia pottuja."

Siitäkin työstä hän olisi saanut pienen palkan, joko rahana tai viinana. Mutta samana päivänä Oskari oli taas kerran ehdottanut, että hän ryhtyisi myös muuliksi:

"Kävisit laivalla Virossa välillä. Olisihan se vaihtelua sinullekin. Voisit alkuun mennä vaikka Eero Kourulan kanssa. Minä kun en arvaa lähteä, kun en uskalla jättää taloa yksin."

Tiesi hän jo silloin, että Eero Kourula kulki yhtenään Virossa Oskarille viinaa hakemassa ja että Kourulaa kutsuttiin kylällä muuliksi. Se tuntui pahalta, varsinkin tuo muuliksi nimittely. Oliko Oskari tekemässä hänestäkin muulia?

Aikaisemmin Oskari oli ehdottanut, että hän tekisi matkan Aulis Vihavaisen kanssa. Hän oli Aulis Vihavaisen tavannut vain pikaisesti silloin tällöin Oskarin luona ollessaan. Aulis oli pienenlänttä mies, yllään koinpurema pikkutakki ja pari numeroa liian isot housut. Kyllä hän jo silloin tiesi, että Aulis kulki Virossa viinaa hakemassa niin tiuhaan, ettei kai siksi muihin töihin kunnolla ennättänyt. Oskari oli hänelle kertonut, että Auliksella oli nainen Tallinnassa jota kävi tapaamassa. Häntä oli silloin ihmetyttänyt se, miksi Aulis ei jäänyt vallan Viroon naisensa luo.

Kun oli viimeksi tavannut Auliksen niin että myös Oskari oli paikalla, hän oli jostain tajunnut, etteivät miesten välit olleet kovin hyvät. Aulis tosin oli lähtenyt Oskarin asioille, mutta hampaita kiristellen. Hän oli myös nähnyt sen katseen, minkä Aulis oli Oskariin luonut kun Oskari oli kääntänyt selän. Se katse olisi voinut tappaa.

Kovin hyvin hän ei silloin tuntenut Eeroa, mutta Eero oli aivan toisenlainen kuin Aulis. Aulis oli hermokimppu, äkkinäinen liikkeissään. Eero oli rauhallinen ja harkitseva.

Eeron ajatteleminen pehmensi Lauran ilmeen. Mieleen tuli laulun sanat, jota hän ei nyt Eeron paikalla ollessa kehdannut ääneen laulaa. "Mistä tunnet sä ystävän, onko oikea sulle hän."

Eero oli ollut hänen vierellä silloin, kun elämä kaikkein kurjimmalta tuntui. Eero istui nytkin keittiössä hänen vieressä ja jos hän pyytäisi, Eero auttaisi häntä tiskien kanssa.

Eeronkin hän oli aikaisemmin tavannut vain silloin tällöin Oskarin luona. Aina Eero oli ollut menossa Viroon tai sieltä tulossa. Hänen siivotessa miehet olivat neuvotelleet toisessa huoneessa. Mutta jostain hän oli aistinut sen, ettei Eerokaan mielellään lähtenyt Oskarin asioille.

Nyt Eero istui hänen vierellä, söi mitä hän eteen antoi. Mitään mies ei omia aikojaan puhunut, kuunteli vain häntä ja milloin hän ei puhunut, tuntui että Eero luki hänen ajatuksia.

Hänen oli Eeron vierellä hyvä olla, niin hyvä että ajatukset karkasivat tulevaisuuteen. Hän näki heidät parina, ehkäpä oikein avioliiton kautta.

Aina välillä Lauran mietteet katkaisi muuan häiritsevä asia. Jaakko Mäentakainen oli tokaissut jotain sellaista, että Oskari Tomuseula oli tapettu. Tuo uutinen tavoitti hänen tajunnan vasta sitten, kun Artturi oli jo taluttanut Jaakon ulos. Se sai hänet miettimään sitä, että kuka Oskarin oli tappanut ja että oliko tappaja edelleen paikalla.

Ne olivat synkkiä ajatuksia ja hän sai ne pyyhittyä mielestään pois viinillä. Toki nekin olivat tärkeitä asioita, mutta ennemmin Laura olisi halunnut tietää sen, missä vaiheessa Eero oli häneen ihastunut ja missä vaiheessa ihastus oli muuttunut joksikin syvemmäksi tunteeksi. Oliko Oskari huomannut heidän välillä jotain romanssia, vai miksi oli aluksi ehdottanut että hän kulkisi Viroon Aulis Vihavaisen kanssa, vasta myöhemmin oli ehdottanut matkakumppaniksi Eero Kourulaa.

Ja yhtä kaikki, miksi aina Oskaria ajatellessa tuli mieleen, että häntä houkuteltiin ansaan.

Artturilla oli kiire, liian kiire että ennättäisi kunnolla miettimään. Paitsi että hän aikoi myydä kaikki löytämänsä viinapullot, piti myös vahtia, ettei kukaan toinen omin lupineen viinoja joisi.

Kun Matias oli kertonut, että oli nähnyt poliisiauton vastarannalla, kiire oli roihahtanut tulenpalavaksi. Hän arvasi, että poliisi vakoili Tomuseulan asuntoa, yrittivät ehkä saada miehen kiinni viinanmyynnistä. Kauanko hänellä olisi aikaa Oskarin viinoja myydä, ennen kuin poliisit ajaisivat pihaan? Silloin kaikki voisi olla myöhäistä. Mitä poliisit tekisivät, jos eivät löytäisi Oskari Tomuseulaa, ei edes ruumista? Jos hän olisi yksin poliisien tullessa, hän voisi valehdella poliiseille jotain vain, vaikka että Oskari Tomuseula oli matkoilla ja hän hoiti isännyyttä sen aikaa. Mutta pitäisivätkö juopuneet ukot suunsa kiinni. Monikin, ehkä kaikki jo tiesivät Oskarin kuolleen ja muutamat tiesivät myös sen, että oli tapettu. Miten sen asian voisi salassa pitää. Ja voisihan poliisi kysyä Oskaria Lauralta tai tuolta yksitotiselta Matias Kuukelilta. Näistä kumpikaan ei osaisi valehdella tarpeeksi hyvin.

Hän oli saanut tilaisuuden vaurastua helpolla ja omasta mielestä hän oli käyttänyt tilaisuuden hyväkseen niin hyvin kuin mahdollista. Jos tuon alkupääoman turvin jatkaisi Oskarin liiketoimintaa, hän vaurastuisi vielä lisää. Kaikki olisi hyvin, kun vain olisi aikaa.

Hän oli ylpeä siitäkin, että oli niin helposti löytänyt kapean salahuoneen. Hän oli tajunnut pian, että sillä kohti seinä oli aivan liian paksu, puolitoista metrinen. Mutta kun toiselle puolelle jäi eteinen vaatenaulakkoineen, ylös ja alas johtavine portaineen, ei seinän paksuutta helposti huomannut. Hän sen oli pian keksinyt, ei kukaan toinen. Siitä avautui ainutlaatuinen mahdollisuus vaurastua, mahdollisuus jota hän oli aina odottanut.

Kääriäkseen tuosta ainutlaatuisesta tilaisuudesta edes pienen omaisuuden, hänen pitäisi vain myydä Oskarin viinat ennen kuin poliisit tulisivat paikalle.

Toisaalta mieltä jäyti vieläkin houkuttelevampi mahdollisuus. Missä Oskari säilytti viinamyynnistä saamiaan rahoja? Niitä hän ei ollut vielä löytänyt. Mitä oli kuullut, niin monet juomarit olivat jättäneet Oskarille jotain pantiksi ostaessaan velaksi viinaa. Talosta pitäisi löytyä vielä toinen piilo, pienempi kooltaan kuin viinaa sisältävä komero, mutta arvoltaan paljon suurempi.

9.

– Mitä ne tuolla pihalla polttavat, ihmetteli Matias, tiirasi ikkunasta ulos.

Eero nousi kurkkimaan.

– Ne lämmittää kai saunaa, Eero sanoi. – Niin ne jokin aika sitten suunnittelivat. Tai Artturi suunnitteli.

– Missä se Artturi nyt on?

– En tiedä. Se kun juoksee sinne tänne niin lujaa vauhtia, ettei perässä pysy.

Matias nousi ruokapöydästä, astui kammariin. Siellä vallitsi kaaos. Makuuhuoneen komerosta oli kaikki vuodevaatteet jo yöllä levitetty ympäri taloa, niistä tehty peittoja ja päänalusia. Osa vuodevaatteista oli kulkeutunut pihalle.

Hän oli lepäillyt penkillä sillä aikaa kun muut söivät, siirtynyt ruokapöytään aivan viimeisten joukossa. Silti syönnin päälle hänen teki mieli uudelleen lepäämään, mutta ei hän löytänyt sopivaa paikkaa. Kammarin penkki tuntui liian kovalta, Tomuseulan vuoteeseen hän ei halunnut.

Ulkona häntä vastaan kiirehti juopunut mies. Ei hän muistanut miehen nimeä. Mies selitti:

– Nyt se on kyllä pimahtanut. Kun meidän piti hakea saunaan puita lisää, niin Artturi ei päästänyt meitä liiteriin. Sanoi että vaan ne puut saan viedä saunalle, mitkä hän heittää ulos. Liiteriin sisälle ei ole asiaa kellään. Meidät käski saunaa lämmittää ja puut on kuin kortilla.

– Eikö se sauna pian ole lämmin.

– Oli lämmin, mutta eihän sinne tämmöinen porukka kerralla mahdu. Näkyy olevan jatkuvalämmitteinen kiuas, niin että muuta kuin puita vaan lisää pesään. Ja toisaalta kun jotkut pesevät siellä vaatteita samaan aikaan.

Matias levitti käsiään, sanoi:

– Kaipa se Artturi tietää mitä tekee. Onko siinä pihalla puita tarpeeksi?

– On siinä sen verran.

Kun meni liiteriin, Artturi tuli häntä ovella vastaan, sanoi:

– Heti kun ilta pimenee, niin viedään ruumis venevajaan.

Artturi oli heittänyt klapeja ulos kasaan, oli myös ruumiin peittänyt klapeilla.

Matias mietti sitä mitä oli rannalla ajatellut ennen nukahtamistaan ja miten sen selittäisi Artturille. Hän sanoi:

– Se taitaa olla rahakasta puuhaa, viinanmyynti.

– No en sanoisi niinkään, väitti Artturi. – Pientähän tämä on. Ja jos ne poliisit nyt vielä tulevat tänne.

– En minä ihan varma ole, oliko se poliisiauto.

– Siltä se ainakin näytti. Kävin minä itsekin katsomassa.

Asunnon rapuilla Eero huusi Artturia nimeltä ja kun Artturi astui pihalle, Eero viittilöi mukaansa. Artturi vilkaisi vielä liiteriä, sanoi Matiakselle:

– Pane ovi hakaan.

Artturi juoksi Eeron luo, kiirehtivät sisälle. Matias sulki liiterin oven, asteli Artturin perään.

Asunnossa käytiin käsirysyä. Toisena osapuolena oli Artturi, toisena Niilo Aivantupa. Eero seisoi vieressä, levitteli käsiään. Laura kurkki keittiöstä.

Matias astui miesten väliin. Eero tarttui Artturia takaapäin kiinni vyötäröstä. Niilo Aivantupa perääntyi.

Artturi kirosi vuolaasti:

– On se kummaa, hän meuhkasi. – Minä hyvää hyvyyttäni juotan ja syötän väkeä, ja ne koettavat ryöstää minut puille paljaille.

– En minä ryöstää koettanut, kimpaantui Aivantupa. – Kun jätin Tomuseulalle pantiksi autonavaimet ja kaikki paperit, ajokortinkin. Pitäisi ajoon päästä, että saa rahaa. En minä mitään viinaa etsinyt edes.

Artturi rauhoittui vähitellen.

Matias näki, että ovi salaiseen viinapiiloon oli auki. Miesten puheista hän ymmärsi, että Niilo Aivantupa oli omia tavaroitaan etsiessä vahingossa päätynyt viinavarastoon.

– Se viinavarasto, se on nyt minun, kertoi Artturi Aivantuvalle. – Siellä ei ole mitään ylimääräistä, ei papereita tai autonavaimia. Olen minä sen niin tarkkaan tutkinut. Mutta jos jotain sellaisia löydän, niin kaikki saavat omansa maksamatta mitään.

Artturi talutti Niilo Aivantuvan ovesta ulos. Hetken aikaa Artturi vielä noitui:

– Miten tässä mitään saa aikaan, kun pitää kaikkia vartioida, ihmisiä ja viinoja. Jos minä sen Oskarin rahat löydän, niin muutan Espanjaan lepäämään.

Matias päätti saunoa ja peseytyä, valmistautua siihen hetkeen jolloin palaa kotiin vaimon luo. Jotkut juomarit olivat jo saunassa käyneet. Pihalla maleksivista juomareista yhdellä oli vyötäröllä pyyhe, toinen oli kääriytynyt lakanaan, kolmas nökötti nurmikolla ilkosillaan. Vaatteita pihalla oli hujan hajan.

Pukuhuoneessa tyhjiä kaljatölkkejä oli valtoimenaan.

Pesuhuone oli vähän siistimpi.

Kiukaan alla paloi tuli. Sauna tuntui riittävän kuumalta. Saunoessaan Matias oli melko varma siitä, että palaisi pian kotiin. Aivan hyvin hän voisi lähteä ja jättää vastuun ruumiin löytymisestä Artturille, kuten myös rahat joita tämä Tomuseulan viinoja myymällä hankki.

Hän palaisi kotiin vaimon vierelle. Vaimo ei mitään kysyisi, sen hän tiesi. Ei vaimo näyttäisi edes vihaiselta. Vain kerran hän oli nähnyt vaimon todella vihaisena. Niin oli käynyt silloin, kun heille oli syntynyt esikoinen. Vauva oli syntynyt lauantaiaamuna. Jo samana iltana hän oli ylpeänä marssinut kylän kaljabaariin, tarjonnut sikareita tuttaville ja puolitutuille, myöhemmin tarjonnut kaljaa ja vielä myöhemmin viinaa.

Kolme vuorokautta hän oli sillä reissulla viettänyt. Kotiin hän oli palannut katuvaisena ja kurjana, mutta sillä kertaa ei vaimo tuntunut leppyvän ollenkaan. Vaimo oli sanonut häntä holistiksi ja juopoksi, avioeronkin vaimo oli maininnut moneen kertaan. Silloin hän oli päätynyt tutustumaan AA-kerhon toimintaan. Ei hän siellä ollut viihtynyt, ei edes tuntenut että kuuluisi sinne. Parasta antia hänestä AA-kerhossa olivat tauot, jolloin osa porukkaa kulki ulos tupakalle. Vaikka hän ei tupakoinut, hän meni mukana. Tauon aikana keskustelu oli vapaata ja rentoa.

Vuoden hän oli AA:ssa kulkenut, tai puoli vuotta riippuen siitä miten asian laski. Puoli vuotta hän oli käynyt kokouksissa, puoli vuotta sanonut vaimolle menevänsä AA-kerhoon, vaikka seisoikin yksinään metsikössä sen ajan. Sitten hän oli mitään kenellekään ilmoittamatta jäänyt kokonaan pois. Ei vaimo tuntunut edes huomaavan asiaa. Raittiina hän oli silloin ollut kauan, kai parikin vuotta. Toinen lapsi oli syntynyt puolitoista vuotta ensimmäisen perään ja silloin hän oli seisonut vaimon vierellä raittiina.

Aivan toinen ajatus lennähti jostain ykskaks mieleen. Hän oli vetänyt puukon pois Tomuseulan rinnasta. Jos poliisi tosiaan vahti Tomuseulan asuntoa, niin voisivat jossain vaiheessa tulla etsimään itse Tomuseulaa. Jos löytäisivät ruumiin, näkisivät oitis että Tomuseula oli tapettu. Sitten etsisivät puukon ja ottaisivat kahvasta sormenjäljet. Päällimmäisinä siinä olisivat hänen sormenjäljet.

Pitäisikö hänen piilottaa puukko? Mihin se oli jäänyt?

Hän päätti peseytyä ensin. Pesuhuoneessa ei ollut saippuaa tai shampoota. Sen sijaan vesiämpärissä oli muutama kaljatölkki. Hän avasi yhden. Olut maistui paremmalle kuin mitä hän muistikaan. Piti samassa avata toinen tölkki.

10.

– Piilotetaan se ruumis venevajaan, Artturi sanoi. – Vaikka nyt heti tai viimeistään kun ilta vähänkin hämärtää.

Matias ei heti käsittänyt, mikä kiire Artturilla oikein oli. Saunassa aika oli kulunut nopeasti ja rattoisasti, varsinkin sen jälkeen kun löysi kaljatölkit. Muitakin saunojia oli tullut löylyyn, joku oli hakenut kaljaa lisää ja olipa jollain ollut viinapullo saunassa. Hän oli käynyt löylyssä vielä uudelleen, ehkä parikin kertaa. Makkaraa oli kärissyt kiuaskiville. Oli rupateltu mukavia ja välillä laulettu. Hän oli laulanut Cupalaisen serenadin, minkä hän osasikin ulkoa miltei kokonaan. Välillä hän oli huvittuneena kuunnellut muiden esittämiä lauluja. Monelle juopolle laulaminen tarkoitti vain kertosäkeen toistamista.

Saunan jälkeen hän oli pukeutunut. Moni muu jäi pihalle puolipukeissa tai ilkosillaan. Sitten hän oli mennyt sisälle Tomuseulan asuntoon. Kotiinhan hänen piti lähteä. Sitä piti jäädä eteiseen miettimään. Hetken päästä hän muisti, että tuli etsimään puukkoa jonka oli vetänyt irti Tomuseulan rinnasta.

Hän muisteli, että oli makuuhuoneessa ottanut puukon talteen, mutta minne hän sen sitten oli laittanut; yöpöydälle, vuoteelle vai minne? Mutta yhtä kaikki, joku oli makuuhuoneessa siivonnut. Puukko ehkä oli jo siirretty aivan uuteen paikkaan.

Artturi kulki talossa sinne tänne, oli kiireisen oloinen ja hikinen. Paita oli luistanut pois housuista. Kammarissa seisoi toimettomana Aulis Vihavainen. Matiaksesta mies näytti jotenkin omituiselta ja hetken perästä hän tajusi, että Aulis Vihavainen taisi olla selvin päin.

Matias ajatteli, että Laura voisi tietää puukosta jotain. Hän asteli keittiön ovelle. Eero oli keittiössä Lauran seurana.

– Sinäkö olet siivoillut, hän kysyi.

– Olen, silloin kun ehdin.

– Minä olen Lauraa autellut, sanoi Eero.

Kun kysyi puukosta, Laura kertoi, ettei ollut makuu-
huoneessa puukkoa nähnyt.

Oliko hän vienyt puukon kellariin?

– En minä kellarissa ole kuin käynyt, kertoi Laura,
kääntyi sitten sanomaan Eerolle. – Missä on patja? Joku on
vienyt vuoteesta patjan. Minä siitä Artturille sanoin, mutta
sillä on nyt jotain muuta mielessä.

– Artturi koputtelee seiniä, naurahti Eero.

– Seiniä ja lattioita ja kattoakin välillä, lisäsi Laura.

Kun hän oli menossa kellariin puukkoa etsimään, Art-
turi pysäytti hänet, sanoi:

– Ota vaikka Eero mukaan ja viette ruumiin veneva-
jaan. Nyt on jo kiire.

– Sehän painaa kuin synti, huusi Eero keittiöstä.

– Minä käsken jonkun kolmanneksi kantamaan, päätti
Artturi.

Ruumis lojui liiterissä klapien alla. Kun sitä oli kannet-
tu kellarista liiteriin, se oli kiedottu mattoon. Nyt klapien
alta löytyi Tomuseulan ruumis, mutta matto oli liiterin
toisessa nurkassa.

Kun hän sitä ihmetteli, Artturi selitti.

– Minä kun luulin, että sillä olisi ollut rahavyö.

Artturi antoi Eerolle avainnipun, sanoi:

– Yksi niistä sopii venevajaan. Ja avaimet tuot takaisin
minulle. Minä haen vielä jonkun kolmanneksi kantamaan.
Minä en itse jouda. Nyt se helvetin Aulis vielä änkesi tänne
jotain nuuskimaan. Pitää sitäkin vielä vahtia.

Artturi kulki jo puolijuoksua pihalla. Hetken päästä
liiteriin asteli Jaska Purola. Mukana miehellä oli kottikär-
ryt. Pihalla Purolan seuraan kiirehti Aulis Vihavainen, tuli-
vat yhdessä liiteriin. Auliksella oli muovikassissa pari
viinipulloa.

– Antoi Artturi sentään matkaevästä mukaan, kertoi
Aulis.

He päättivät odottaa että ilta vähän hämärtyisi, etsivät liiteristä paikan missä istua. Viinipullo pantiin kiertämään. Jaska yritti jutustella, mutta luopui pian kun ei saanut toisista juttuseuraa.

Matias mietti sitä, että miksi Eero Kourula ja Aulis Vihavainen suostuivat piilottelemaan ruumista. Miehethän olivat Tomuseulan kanssa paljon läheisempiä kuin Artturi tai hän. Kylän juorut olivat liittäneet Eero Kourulan ja Aulis Vihavaisen Tomuseulaan jo ainakin vuosikymmenen ajan ellei jopa parin. Heidän viinanhakumatkoista ja rähinöistä poliisin tai tullin kanssa kerrottaisiin kylän kaljabaarissa juttuja kai vielä sadan vuoden ajan.

Sen hän jo arvasi, että syynä Eero Kourulan paikalla oloon oli Laura Uomanne. Mutta mikä piti Aulis Vihavaista paikalla?

Hän vilkaisi Aulista syrjäkarein. Aulis oli sitkeänoloinen mies. Varmasti Auliksella olisi vielä ollut käyttöä monellakin työmaalla. Oli Auliksella lihaksia sen verran mitä työmies tarvitsee, oli myös kuntoa, käveli välillä kylällä sinne tänne marssivauhtia. Hän oli juoruista ymmärtänyt, että lama oli kouraissut Aulista pahasti juuri pahimmilleen, kun oli pääsemässä elämisen alkuun. Työt olivat loppuneet, vaimo lähtenyt toisen miehen mukaan. Ei ollut Aulis siitä toipunut, oli pian ripustanut työhansikkaat naulaan lopullisesti. Ikää Auliksella oli jotain neljän- viidenkymmenen väliltä, eli miltei pari vuosikymmentä vähemmän kuin hänellä tai Eerolla. Hän laski mielessään, että ehkä Auliksen näytön paikka oli sattunut juuri 90-luvun lamavuosiin.

Se Auliksessa häntä kuitenkin eniten hämmästytti, että kun kaikki toiset Tomuseulan asunnolla joivat ja humaltuivat, niin Aulis näytti edelleen olevan selvin päin. Ei hän itse asiassa ollut koskaan nähnyt miestä pahasti päissään.

Mutta nyt Aulikselle näytti viini maistuvan. Kun viinipullo kiersi pienessä ringissä Auliksen kohdalle, tämä joi ja järjestäen unohti pullon itselleen. Jaska joka oli ringissä seuraavana, joutui aina tönimään Aulista saadakseen pullon ja silloin Aulis aina kiireesti siemaisi toisen suullisen. Kohta pullo jäi kokonaan Aulikselle ja Jaska ja Eero ja hän joivat toisesta pullosta.

Auliksen vieressä istui Jaska Purola. Jaska oli taksimiehiä, tiesi Matias. Mutta joskus Jaskalla oli ollut oma pirssi, tai parikin autoa. Nykyisin ajoi renkinä. Jaska oli kuitenkin pärjännyt paremmin kuin useimmat muut juopot. Matias muisti kuulleensa, että Jaska oli joskus juopotellessaan myynyt autonsa jollekin sukulaiselle, niin että aina kun Jaska juomisistaan selvisi, hänelle riitti ajotyötä.

Samassa Jaska Purola nukahti klapikasaan.

He päättivät sitten suoriutua urakasta heti, ennen kuin he kaikki nukahtavat liiteriin. Eivät he viitsineet kääriä Tomuseulaa maton sisään, nostivat vain ruumiin kottikärryihin. Aulis tarttui kärryjen kahvoihin, Eero kulki edellä, Matias viimeisenä.

Ilta oli vielä valoisa. He kulkivat kiireesti pihan poikki rantaan johtavalle polulle. Jos joku pihalla olevista juomareista näkikin, ei virkannut mitään. Saunan takana seisahduttiin lepäämään. Viiniä oli vielä jäljellä.

Matias kehui Aulista:

– Sinulta se tuo kärryjen työntely tuntuu sujuvan hyvin.

– Pitäähän se muulilta sujuakin.

– Muulilta?

– Niin, kutsuvat muuliksi meikäläisiä, jotka miltei työkseen juoksevat Virossa tai jossain hakemassa halpaa viinaa ja tupakkaa. Muulihan minä olen, kuin myös Eero.

Eero vain nyökkäsi.

– Miten sinä semmoiseen ammattiin päädyit? Matias kysyi Eerolta.

– En tiedä oikein itsekään, naurahti Eero. – Ryypiskellessä se joskus vaan alkoi. Tehtiin Oskarin kanssa reissu ja sitten toinen. Minä sen kun vaan ryyppäsin. Jossain vaiheessa sitten tajusin, että olin velkaa Oskarille ties kuinka paljon. Sitten se lähetti minut reissuihin, jäi itse kotiin odottamaan. Sitten myöhemmin reissattiin Auliksen kanssa, välillä vuorotellen ja välillä yhtaikaa. Luulin, että velat sillä tavoin pikkuhiljaa hoituisivat. Ja kyllä minä välillä aina oikein yritinkin, tein viinanhakureissuja ihan selvin päin monta kertaa viikossa. Paljoa en ehtinyt kotona olemaan. Velka lyheni, lyhenihän se. Mutta sitten tuli taas vähän ryypiskeltyä ja velka kasvoi.

– Jätitkö sinäkin jotain pantiksi, kysyi Matias.

– En, eikä minulla mitään olekaan mitä jättäisin. Kyllä Oskari minuun luotti. Se sanoikin aina, että maksa sitten kun jaksat.

– Ei se tainnut mitään mukavaa olla, sellainen reissaaminen.

– Ei, ei ole mukavaa, vakuutti Aulis. – Ei ainakaan tämmöiselle juopolle. Kun aina teki niin mieli vähän ryypätä, mutta ei sitten uskaltanut ottaa ollenkaan. Ei tipan tippaa. Ei sitä viinan kanssa muuten osaa olla, vesiselvänä tai räkäkännissä. Nykyisin minä ryyppään vain Virossa, Suomessa ollessa en ole juonut ollenkaan. Paitsi mitä nyt sitten tänään otan. Mutta ehkä se reissaaminen nyt loppuu.

Matka jatkui ja päättyi vasta venevajan ovella. Eero kaivoi avaimet, avasi oven. Tomuseula jätettiin venevajaan aivan oven viereen.

– Aikookohan se Artturi upottaa Tomuseulan järveen, ihmetteli Aulis. – Ja mikä hoppu sillä Artturilla nyt oikein on?

– Se pelkää että poliisit tulevat hetkenä minä hyvänsä, kertoi Matias. – Mutta milloin se sinä tänne ilmestyit?

– Vasta äsken tulin. Kylällä kun jo juorutaan. Siksihän minä tänne osasin tulla. Kertoivat että täällä on semmoiset karkelot ettei koko kylässä ole ennen ollut. Päätin tulla katsomaan.

Matias ajatteli, että oliko Auliskin nyt Artturin hommissa. Ehkä Artturi antaisi viinoista saamistaan rahoista osan Aulikselle. Nehän oikeasti olisivat kuuluneet hänelle.

Eero etsi veneestä jotain, noitui:

– Käski Artturi tutkia, että onko täällä kassakaappia. Mutta kuka nyt rahoja veneeseen tai venevajaan piilottaisi, ainakaan pitkäksi aikaa. Kostuvat ja mätänevät. Eikä täällä mitään sen näköistä piilopaikkaa ole, missä rahoja voisi säilyttää.

Matias ajatteli, että ehkä Artturi oli palkannut Eeron etsimään Tomuseulan rahoja, rahoja jotka siis kuuluivat hänelle. Samassa hän muisti mitä oli ollut tekemässä ennen kuin Artturi komensi hänet liiteriin. Hänenhän piti etsiä puukko jolla Tomuseula oli tapettu.

– Mennäänkö takaisin, hän sanoi.

Aulis kääntyi vielä ovelta katsomaan ruumiista, sanoi:

– Kyllä se tuo Tomuseula oli piru miheksi. Se kun sai jotenkin ihmisestä otteen, niin ei päästänyt irti, ei sitten millään.

– Mutta vaimonsa se joutui päästämään irti, sanoi Eero.

– Sitä minä en tuntenutkaan, totesi Aulis.

– Se lähti jo kauan sitten muksun kanssa. Eivät ne yhdessä olleet kuin pari vuotta.

Eero lukitsi oven. Viinipullossa oli vielä jäljellä. Se juotiin pois matkalla taloon.

Hetkeksi Matias jäi istumaan rapuilla. Hän mietti sitä, että Artturi uskoi että Oskari Tomuseula oli pitänyt rahojaan talossa piilossa. Mitenköhän suuresta summasta oikein oli kyse? Jos Oskari Tomuseula ei ollut luottanut pankkeihin ja oli vuosikymmenten ajan kaikki viinoja myymällä ansaitsemat rahat piilottanut, niin kyse olisi valtavan suuresta summasta.

Ehkä hänen pitäisi ennen kotiin lähtöä puhua Artturin kanssa aivan vakavasti.

11.

Poliisit tulivat kun Matias oli saunannurkalla kusella. Samassa oli jo myöhäistä paeta. Kun poliisi kääntyi katsomaan häntä, tuntui kuin sydän taas pysähtyisi. Vapina alkoi jaloista, levisi nopeasti. Ensimmäinen ajatus oli, että hänen olisi pitänyt aamulla herätessä kaataa itselle lasillinen viinaa ja juoda se kahvin kanssa, vasta sitten uskaltautua ulos. Nyt se oli myöhäistä. Ja samassa kun poliisi ennätti lähelle, hän tajusi, että poliisi näki oitis että jokin oli vialla. Hän ei pystynyt hillitsemään itseään. Hän tunsi olevansa syyllinen johonkin ja tiesi myös näyttävänsä syylliseltä.

Taivas oli pilvien peitossa. Maantiellä seisoi poliisiauto. Auto oli pysäytetty pajupusikon taakse. Kyläraitilla kulki pari rouvaa.

Tomuseulan asunnosta kuului jo laulua. Jotkut olivat jo aamuyöstä nousseet kahvinkeittoon ja terästäneet kahvia viinalla. Saunalta kuului puheensorinaa.

– Etsitään semmoista ukkoa kuin Oskari Tomuseula, sanoi vanhempi poliisi. – Onko paikalla?

Kysymys löi Matiasta kuin piiskan sivallus. Mitä hänen pitäisi vastata, mitä hän voisi vastata.

– On ja ei ole, hän sai kurkusta ulos.

– Eikö tämä ole Oskari Tomuseulan asunto, sanoi nuorempi poliisi.

Äkisti Matias keksi:

– Kysykään Artturilta, hän sanoi. – Se kai löysi Tomuseulan. Artturi on tuolla sisälle.

– Te saatte kyllä tulla mukaan, sanoi vanhempi poliisi, tuijotti häntä tiukasti.

Pieni riemunkipinä mikä oli syttynyt kun hän luuli harhauttavansa poliisit Artturin riesaksi, sammui samassa. Hän oli jopa kuvitellut, että voisi paeta paikalta jos poliisit kääntäisivät hänelle selkänsä. Ei haittaisi vaikka poliisi hänet myöhemmin löytäisi, kun hän vain saisi aikaa rauhoittua.

Hän asteli poliisien keskellä kohti asuntoa. Olo tuntui yhä syyllisemmältä. Hän katsoi kaihoten keittiön ikkunaa. Jos pääsisi keittiöön, hän voisi kaataa vaikka pullollisen viinaa kurkusta alas. Se rauhoittaisi vähäksi aikaa.

Nuorempi poliisi huhuili jo ovella. Laulu talosta loppui. Päitä ilmestyi ikkunoihin. Artturi astui rapuille.

– Oskari Tomuseula, kysyi nuorempi poliisi.

– En ole minä.

– Missä on Oskari Tomuseula.

– Aika lähellä on.

– Voisitko pyytää sen tänne, sanoi vanhempi poliisi.

– En voi pyytää.

– Onko se Tomuseula paikalla vai eikö ole?

– On ja ei ole.

– Minun mittani ... kivahti nuorempi poliisi.

– Mikä tässä nyt oikein mättää, ihmetteli vanhempi. – Tämähän on Oskari Tomuseulan asunto ja me etsitään Oskaria itseään. Teitä vastaan meillä ei ole mitään. Mutta jos vielä viisastelette, niin voidaan teidät kyllä putkaan viedä miettimään.

– Asia on niin, että Oskari Tomuseula on kuollut, tunnusti Artturi. – Aika äskettäin kuollut. Tavallaan hän on vielä paikalla.

Artturi oli päissään paljon enemmän kuin mitä muina päivinä oli ollut, Matias huomasi. Hetkeä aikaisemmin kun oli Artturin tavannut, oli Artturi valittanut, ettei löydä Oskarin rahapiiloa.

"Koko talo pitäisi purkaa", oli Artturi sanonut.

– Tekö täällä jotain muistotilaisuutta pidätte? kysyi vanhempi poliisi.

– Niinkin voi sanoa, vastasi Artturi. – Mutta epävirallisesti, aivan epävirallisesti.

– Mitenkä niin epävirallisesti?

– Tarkoitan, ettei sen Tomuseulan kuolemasta kaikki vielä tiedä. Ei kai muut kuin me täällä.

– Miksei tiedä?

– Ei siitä ole kerrottu.

– Koska se sitten kuoli?

– Jokunen päivä sitten. Vai kauanko siitä on?

– Kuka tätä tilaisuutta johtaa. Voitaisiin vaihtaa muutama sana.

– Minä, minä kai johdan. Tai johdin ainakin vielä eilen, kertoi Artturi.

Artturi katsoi häneen. Hän katsoi taivaalle. Poliisit katsoivat toisiaan.

– Tarkoitatteko että se ruumis on vielä täällä, hämmästeli vanhempi poliisi. – Sehän helteellä pian mätänee. Vilasetko sinä sisälle.

Nuoremman mentyä sisälle vanhempi poliisi naulitsi katseen taas häneen ja hän muisti samassa olevansa syyllinen johonkin, yritti ryhdistäytyä mutta arvasi myöhästyneensä. Hän oli syyllinen johonkin ja hän tiesi sen ja arvasi että se näkyi hänen kasvoilta ja olemuksesta.

– Ei se ruumis siellä ole, sanoi Artturi. – Mutta lähellä kylläkin.

– Ei täällä ketään taida kuolleena olla, huusi samassa nuorempi poliisi ovelta. – Mutta viinaa on juotu rutosti. Pitäisikö tilata auto paikalle, kyyditä väki selviämään.

– Missä se Oskari Tomuseula on, kysyi vanhempi poliisi tiukasti.

Artturi näytti nukkuvan seisaallaan. Matias ei saanut sanoja suusta ulos. Hänen pitäisi kertoa kaikki siitä lähtien kun paikalle tuli. Mutta ottaisiko Artturi kunnian ruumiin löytymisestä itselleen. Se pitäisi ensin selvittää. Mutta Artturi näytti olevan aivan tolaltaan. Ja hän, hänen olisi eilen pitänyt lähteä kotiin niin kuin oli aikonut. Mutta hän oli jäänyt paikalle. Hänen piti kai tehdä talossa jotain? Hänenhän piti etsiä puukko, mutta ei hän illalla ollut jaksanut, aamulla ei ollut ennättänyt.

Kylän suunnasta Tomuseulan asuntoa lähestyi mies, kun havaitsi poliisit, pyörsi ympäri ja käveli kiireesti poispäin. Vanhempi konstaapeli katsoi miehen perään, ihmetteli ääneen.

– Onko täällä nyt tapahtunut jotain mikä meidän pitäisi tietää?

Artturi istahti rapuille, tuijotti kenkiään. Artturi kai oli ominut vainajan kengät. Ne näyttivät Artturille aivan liian suurilta.

Matias tuskastui. Ei Artturista nyt tosi paikan tullen ollut mitään apua. Aina muulloin oli selittänyt ja johtanut laumaa, mutta nyt vain nuokkui.

– Kai se on parempi että viedään teidät putkaan selviämään, sanoi nuorempi poliisi.

Matias tiesi, että hänen pitäisi nyt selittää poliiseille kaikki, aivan kaikki. Mutta mistä hän aloittaisi?

– Tomuseula on kuollut, hän sanoi.

Nuorempi poliisi harppasi raput ylös ovelle, näytti laskevan sisällä olijoita. Vanhempi näppäili kännykkään numeroita. Matias kuuli poliisin selittävän puhelimeen:

– Ukkoja niin helvetisti paikalla, ja kaikki räkäkännissä heti aamutuimaan. Minä ymmärsin sen verran, että Tomuseula itse kai on ruumiina. Ja vielä niin, ettei siitä vielä muut tiedä, kuin nämä ukot täällä. En tiedä vielä missä ruumis on. Ei näistä saa oikein mitään tolkkua.

Nuorempi poliisi laskeutui raput alas ja poliisin perässä juomareita valui ovesta rapuille, mutta poliisi hätisti heidät takaisin sisälle.

– Kukaan ei poistu paikalta ennen kuin juttu on selvä. Me otetaan nimet ylös. Kaikkia tullaan kuulemaan myöhemmin ja varsinkin niitä jotka nyt koettavat livistää.

Muutama ukko oli yön viettänyt saunassa, pyrkivät ulos, mutta kun vanhempi poliisi kiirehti heitä vastaan, ukot pyörsivät takaisin saunaan.

Artturi lyyhistyi yhä enemmän kasaan. Artturi oli pettynyt, istui kumarassa ja Matiaksesta näytti että Artturin silmistä vieri kyyneleitä. Artturi oli elänyt haaveissaan muutaman päivän, uskonut että rikastuisi.

Nyt Artturin pitäisi nuo haaveet lopullisesti haudata.

Hän hieman sääli Artturia, mutta paljoa sääliä hänellä ei ollut jaettavana. Hänen olisi pitänyt livistää paikalta jo aikaisemmin, viimeksi eilen hän sitä oli aikonut. Hänen ei olisi pitänyt ikinä paikalle tullakaan.

Hän istahti rapuille Artturin vierelle. Artturi vilkaisi kulmien alta häntä ja poliiseja, kun näki että välimatka poliiseihin oli tarpeeksi pitkä, sanoi:

– Minä luulen että se Oskari on piilottanut rahansa savuhormiin. Sitä en tullut aikaisemmin ajatelleeksi. Siinähän on niitä jotain tarkistusluukkuja enemmänkin. Enemmän kuin mitä ehkä pitäisikään olla.

Samassa nuorempi poliisi keksi ajaa heidät sisälle muiden joukkoon.

12.

Laura heräsi Eeron vierestä. Se oli jo toinen yö minkä he olivat yhdessä viettäneet. Hän kuunteli Eeron hengitystä. Se oli tasaista ja miltei äänetöntä, ei lainkaan sellaista korinaa, mitä juopuneet ukot tavallisesti pitivät.

Laura oli tyytyväinen. Niin tyytyväinen hän oli ollut vain joskus nuorena hetkittäin. Mutta nuorena hän ei ollut löytänyt sellaista miestä joka kelpaisi hänelle aviomieheksi. Ne nuoret miehet mitä elämä oli hänen vierelle juoksuttanut, olivat järjestäen olleet liian levottomia, etsivät aina jotakin uutta. Vikaa tosin oli ollut hänessäkin, hän myönsi. Nuorena hän oli aina hermostunut, milloin oli joutunut lähelle jotain nuorta miestä. Jännityksen hän sai laukeamaan vain sillä, että otti tavallista tiheämmin viinaa. Jotenkin asiat siitä huolimatta aina ajautuivat pieleen.

Nyt vähän vanhemmalla iällä tuuri tuntui kääntyneen. Eero makasi hänen vierellä ja näytti onnelliselta. Mies oli kuin olisi maannut hänen vierellä iät ja ajat, vaikka he olivat paremmin tunteneet vasta pari vuorokautta. Eerossa oli jotain herkkää ja siitä hän piti. Eero ei myöskään kertonut omia mielipiteitään, kuunteli vain hänen mielipiteitä. Siitäkin hän Eerossa piti.

Ja ennen Eeroa oli ollut Oskari, jota hän ei aivan niin lähelle ollut päästänyt. Mutta olisiko heistä voinut jotain tulla, ellei Oskari olisi kuollut?

Oskarin ajatteleminen toi mieleen sen, että Oskari oli hänestä yrittänyt tehdä muulia. Oliko Eerolla jotain taka-ajatuksia hänen varalle? Jotain synkkää miehessä toisin ajoin oli. Tuntui kuin olisi salannut jotain. Mutta siitä hän ottaisi vielä selkoa.

Eikä hän ollut Oskariakaan tuntenut niin hyvin kuin mitä oli luullut. Vasta juopuneiden puheita kuunnellessa hän oli saanut tietää, että Oskari oli joskus ollut naimisissa ja että yksi lapsikin oli. Koskaan Oskari ei ollut siitä maininnut. Hänen kysymyksiin missä vaimo ja lapsi nykyisin olivat, ei kukaan osannut vastata.

Kuten aina Oskaria ajatellessa, nytkin tuli mieleen hieman outoja ajatuksia. Hän ajatteli, että kai Oskari oli imenyt vaimonsa ja lapsensa kuiviin.

Piti nousta ylös. Vilkaisu ovenraosta kammariin toi velvoitteita mieleen. Kammari oli sotkuinen ja siellä haisi. Pitäisikö hänen viimeisenä palveluksena Oskarille siivota koko asunto? Edellisenä päivänä hän oli keittänyt ruokaa isolle porukalle, niin ettei siivoamiseen jäänyt aikaa. Keittiötä hän oli pitänyt siistinä, mutta arveli että se voisi olla jo taas yhtä sotkuinen kuin edellisenä päivänä. Eivät kaikki ukot siisteydestä piitanneet. Vain Eero oli häntä auttanut.

Mutta makuuhuoneen hän oli pitänyt siistinä, valmistanut sen yöpymiskuntoon Eerolle ja hänelle. Patjan joku tosin oli vienyt ties minne.

Kammarissa ja keittiössä väki seisoi ikkunoissa katsomassa pihalle. Lauralle ja Eerolle he kertoivat, että paikalla on poliisi, että jos ryypätä haluaa, pitää juoda kiireesti sillä juhlat voivat pian loppua.

Kun Artturi ja Matias astuivat sisälle, väki piiritti heidät ja tivasivat:

– Mitä ne hakevat. Hakeeko minua? Hakeeko viinoja?

Matias väisti syrjään. Poliisi jäi ulko-ovelle vahtimaan. Keittiössä ryypättiin niin paljon ja nopeasti mitä kyettiin nielemään.

– Poliisi kai etsii Tomuseulaa, kertoi Artturi. – Ei ehkä meistä muista piittaa mitään.

Matias luovi muiden ohi keittiöön, sai heti käteensä viinamukin ja tyhjensi sen samassa. Hetken hän joutui odottamaan ennen kuin muki täytettiin uudelleen. Nopeasti juoma helpotti. Ulkona poliisien tullessa hän oli ollut aivan paniikissa, mutta nyt painajainen väistyi. Jos Artturin vain pysyisi puheissaan, hänellä ei olisi sen enempää pelkäämistä kuin muillakaan.

Paitsi se puukko, minkä oli vetänyt ruumiin rinnasta. Jos löytäisi sen, vieläkö hän ennättäisi puukon piilottamaan. Tietäisikö Artturi siitä jotain?

Artturin ympärillä oli kaiken aikaa väkeä. Poliisi vahti ovella. Jos hän väkisin vetäisi Artturin syrjään ja kertoisi asiansa, voisi se poliisissa herättää epäilyksiä.

Hän vetäytyi kamarin nurkkaan. Toisen nurkan oli vallannut Eero. Laura petasi makuuhuoneessa vuodetta. Kaikki muut juomarit pysyivät tiukasti Artturin ympärillä, olipa tämä keittiössä tai kamarissa. Ja yhä he täyttivät viinamukeja. Poliisi kurkki ovella, mutta ei nähnyt selkien takaa mitä keittiössä tapahtui.

Matias jäi katsomaan juopottelijoiden ryhmää. Oliko joku heistä tappanut Oskari Tomuseulan? Sen kysymyksen hän oli välillä tyystin unohtanut. Poliisi ei sitä seikkaa unohtaisi. Kun Tomuseulan ruumis löytyisi, niin siitä juttu vasta alkaisi.

Hän tarvitsi vielä yhden lasillisen viinaa.

– Poliiseja tulee lisää ja lisää, tiedotti joku. – Nyt tulee oikein rikospoliisikin.

– Nuo minä tunnen ennestäänkin, kuului Artturin ääni. – Etsivä Japalavski ja etsivä Viiriäinen. Opin tuntemaan ne silloin jo, kun siellä Lahervon mökillä ryypiskelin. Silloin kun se yksi Veistolan Kasperi ryösti sen yhden kansanedustajan viinikellarin tyhjäksi. Mikä hänen nimi sitten olikaan? Silloin kuulustelivat minuakin ja monta päivää.

Laura vaelsi huoneesta toiseen ja kun Eero kysyi mitä toinen etsii, Laura vastasi.

– Sitä omaa paitaani. Ja sitä sukkaa minkä Oskarille kudoin.

Matias muisti, että paita oli edelleen piilossa järvenrannalla kivenkolossa. Miksi hän sen sinne oli vienyt?

Vaikka viinaa juotiin lisää, ei kukaan kunnolla humaltunut. Pienintäkään laulunpätkää ei raikunut. Sitä mukaa kun viinaa imeytyi tarpeeksi vereen, juomarit vain lyyhistyivät niille sijoilleen. Artturi se vain seisoi ikkunassa, selosti etupihan tapahtumia. Oli kuin Artturi olisi heti hieman piristynyt kun sai muutaman metrin itsensä ja poliisin väliin tyhjää.

– Nyt vievät Vaarinsaarta autoon, kertoi Artturi. – Ja Kymäläisen päästävät pois. Niin se menee. Yksi kerrallaan vievät autoon, ja kohta päästävät pois. Se on kai sellainen tyyli niillä. Ottavat tiedot paperille, varmistavat henkilöllisyyden, että löytävät helposti myöhemmin.

Poliisi oli ensin haastatellut väkeä joka oli nukkunut saunassa, tai vaeltanut pihalla. Kun hakivat ensimmäisen juopon sisältä, tuli Matiakselle kiire täyttää vielä kerran viinalasi. Täysi viinamuki kädessä hän palasi kammariin, istui nurkkaan. Ovella seisova poliisi ei ollut näkevinään viinalasia. Hämärässä nurkassa olo tuntui turvalliselta. Siinä lähellä istui vain Eero. Laura oli löytänyt kutomansa sukan, haki vielä paitaa. Hän tiesi missä paita oli, mutta ei hän sitä saanut Lauralle kerrotuksi.

Matias tunsi itsensä kovin vanhaksi ja väsyneeksi. Oskari Tomuseula oli tapettu, hän ajatteli. Se oli ikävä tosiasia. Hän oli vetänyt puukon irti Tomuseulan rinnasta. Se oli toinen ikävä tosiasia, joka toi mieleen kolmannen ikävän asian: Puukonkahvassa olisivat hänen sormenjäljet.

Poliisihan voisi pitää häntä tappajana.

Heitä olivat jäljellä enää he neljä, Laura ja Eero, Artturi ja hän. Heitä ennen poliisi oli hakenut Niilo Aivantuvan.

Matias olisi halunnut jutella Artturille, mutta se tuntui vaikealta. Artturin ajatukset tuntuivat seilaavan aivan muualla. Kun poliisit veivät Niilo Aivantuvan, Artturi kertoi:

– Oli Niilollakin ennen oma firma, autokorjaamo. Oli parhaimmillaan kai viisikin asentajaa töissä. Sitten alkoi ryypiskellä. Nyt ei ole mitään, ei firmaa, ei omaa asuntoa, ei edes omaa autoa. Hyvä että löytää itselleen töitä sen verran, ettei ihan nälkään kuole. Kaarimaan kuorma-autoa se nykyisin ajelee, silloin milloin huvittaa.

Samassa virkapukuisia poliiseja tunki sisälle.

He neljä tiivistyivät nurkkaan penkille.

– Täälläkö ne itse pääjehut ovat, virnuili yksi poliiseista. – Nyt pitäisi selvittää, että mistä hitosta on oikein kyse.

Matias huomasi, että poliiseja koko tilanne näytti huvittavan.

Poliisit veivät Artturin. Hän jäi nurkkaan istumaan. Aivan vieressä sylikkäin istuivat Laura ja Eero. He kuiskivat toisilleen niin hiljaisella äänellä ettei hän kuullut mitä puhuivat. Laura hypisteli sukkaa kädessä.

Seuraavaksi hakivat Lauran, sitten Eeron. Miksi hänet jätettiin viimeiseksi? Miksi tuntui että Artturin haastattelu kesti paljon kauemmin kuin kenenkään toisen?

Etsivä tuijotti häntä tiukasti kuin yrittäisi hänen ajatuksia lukea, mutta hän jähmetti kasvonsa niin että poskiin sattui. Ja etsivä kysyi:

– Milloin te tänne tulitte ja minkä takia?

Tarkoittiko tuo kysymys sitä, että Artturi oli kertonut hänen tulleen paikalle ensimmäisenä ja löytäneen ruumiin?

– Niin, minä tulin yhtenä aamuna aikaisin. En muista nyt mikä päivä oli.

– Ja menittekö te sisälle taloon?

Tarkoittiko tuo kysymys sitä, että Artturi oli kertonut hänen jo olleen sisällä Artturin tullessa paikalle.

– Niin, taisin minä mennä sisälle. Huhuilin kyllä aikani ovella.

– Taisitte te mennä. Ja mitä etsitte, ja mitä löysitte?

Hän päätti väistää kysymyksen.

– Artturi tuli siihen sitten heti.

– Tekö olitte viinaa ostamassa?

– Viinaahan minä. Minulla kun oli krapula.

– Niin kuin nuo kaikki muutkin ukot ja se yksi akka. Missä vaiheessa te tajusitte sen, ettei se Oskari Tomuseula olekaan kotona?

Tarkoittiko tuo...?

– Kyllä sen aika pian näki.

– Jäitte kuitenkin ryyppäämään paikalle, sanoi toinen etsivä.

Mitä tuo kysymys mahtoi tarkoittaa? Mitä Artturi oli poliisille kertonut? Se hänen pitäisi tietää ennen kuin vastasi mitään varmaa. Mutta kun Artturi oli päästetty pois poliisiautosta, ei Artturia päästetty kotiin, vaan Artturi oli jäänyt istumaan saunan rapuille kahden virkapukuisen poliisin väliin. Samalle paikalle oli myöhemmin liittynyt Laura. Muut sen sijaan oli päästetty kotiin, Eerokin, vaikka Eero kai mieluummin olisi jäänyt Lauran vierelle.

– Niin, kun sitä viinaa kerran näkyi olevan, hän sanoi.

– Milloin te tajusitte että Tomuseula on kuollut?

– Aika pian kyllä.

Etsivä kyllästyi äkisti.

– Kyllä tämä juttu on selvitettävä ihan pohjia myöten. Eihän tästä tule mitään. Joka asian saa lypsää hiellä ja vaivalla. Te jäätte vielä tänne, ja se toinen... Artturi mikä lie.

Etsivä astui autosta ulos ja jakoi komentoja virkapukuisille.

Toinen etsivä kirjoitti vielä hänen tietoja henkilökortista tietokoneeseen.

– Ma-ti-as Kuu-ke-li. Syntynyt 21 päivänä seitsemättä yks yhdeksän neljä kahdeksan, mutisi etsivä kirjoittaessaan.

Kun hän pääsi poliisiautosta, hän liittyi Lauran ja Artturin seuraan saunan rapuille. Toinen etsivistä seurasi hänen mukana, kirjoitti jotain muistivihkoon.

– Vehmastoko se oli, eikö niin. Artturi Vehmasto.

– Ei kun Artturi Vehmanen on nimeni.

– Ja toinen on Laura Uomanne, totesi etsivä. – Ja kolmas Matias Kuukeli. Muut ovat menneet.

Heitä vartioimaan jäänyt etsivä oli nimeltään Viiriäinen, niin Artturi oli kertonut. Heidän vieressä seisoi myös kaksi virkapukuista poliisia heitä vartioimassa. Turhaan vartioivat, ajatteli Matias. Ei heistä kolmesta kukaan ollut siinä kunnossa, että olisi voinut juosten pakoon pyrkiä. Ennen kuin liittyi seuraan, hän oli hetken aikaa katsonut Artturia ja Lauraa. Hieman nahistuneiden poliisien rinnallakin nämä olivat kuin variksenpelättimiä ankarassa tuulessa.

Poliiseja paikalla oli paljon. Jotkut heistä kulkivat pihalla sinne tänne kuin tekisivät jotain tärkeää, jotkut vain seisoskelivat autojensa vieressä. Maantielle sille kohtaa kerääntyi yhä enemmän kyläläisiä. Etsivä Japalavski poltti talonnurkalla savuketta. Näytti että etsivä tuijotti järvelle. Matias tiesi, että sillä suunnalla sijaitsi Tomuseulan venevaja ja venevajassa Tomuseula itse kuolleena. Vaistosiko etsivä jo sen? Ainakin Japalavski tuntui uskovan sen, että hän salasi poliiseilta jotain. Niin hän salasikin, mutta eihän se liittynyt mitenkään siihen kuka Tomuseulan oli tappanut.

Kun etsivä Japalavski asteli heitä kohti, hän vasta uskalsi katsoa miestä tarkemmin. Japalavski oli kuin kärsineen näköinen. Otsa oli rypyillä, silmät olivat kuin liiasta valvomisesta punareunaiset. Sormet hypistelivät kaiken aikaa jotain, milloin housunlahjetta, milloin paidanhihaa. Matiaksen mieleen tuli sana hermokimppu. Vartalolta etsivä muistutti maratoonaria.

Etsivä Viiriäinen oli ulkoiselta olemukselta Japalavskin vastakohta.

Japalavski pysähtyi, sihtasi sormella häntä rintaan, sanoi:

– Te siis tulititte tänne varhain aamulla. Tulitte tänne viinapullon toivossa. Et tavannut ketään matkalla?

Miten osasikaan Japalavski sanoa keskimmäisen lauseen niin, että Matias tunsi itsensä täydeksi hylkiöksi. Niinkö se muka oli käynyt? Hän muka oli viinanhimoisena kävellyt viinanmyyjän asunnolle. Juuri niinhän se oli käynyt.

– Niinhän minä tulin, hän sanoi. – Heti herättyäni kävelin tänne.

Matias mietti, että pitäisikö hänen kertoa sekin, että oli herännyt "juoppojen talosta."

Japalavski kääntyikin samassa Artturille sanomaan:

– Ja te tulititte tänne järveltä. Minkä takia? Vai etsittekö tekin viinaryyppyä?

Artturilta tuntui taas puhti olevan täysin poissa.

– Niinkin sen voi sanoa, Artturi huokaisi.

– Ja te tulitte jotain sukkia sovittamaan, Japalavski sanoi Lauralle.

Laura nyökkäsi.

– Niin tai yhtä sukkaa. Toista en vielä ole aloittanut. Ajattelin, että Oskari ensin…

– Olivatko nämä kaksi silloin paikalle?

Laura nyökkäsi uudelleen, katsoi miehestä toiseen.

– Minä taisin tulla tänne ensin, sanoi Artturi aivan kuin vasta hoksaisi jotain.

– En minä sitä kysynyt, sanoi Japalavski. – Missä te silloin olitte, kun tämä Laura Uomanne saapui.

Matias hätkähti. Japalavski olikin ykskaks kääntynyt Artturista katsomaan häntä.

– Täällä minä taisin olla, hän sanoi.

– Ja?

– Niin, täällä minä olin.

– Missä täällä, tarkalleen?

– Taisin olla keittiössä.

– Ja missä te olitte silloin kun tämä Vehmanen tuli?

Matias tajusi, että etsivä oli oitis huomannut että hän salasi jotain, koetti saada hänen valehtelusta kiinni ennen kuin hän edes ennätti valehtelemaan.

– Minä taisin tulla tänne ensin, sanoi Matias, raapi päätään.

– Ai sinäkin tulit tänne ensin, sanoi etsivä. – Ei tämä nyt oikein hyvin etene. Jotain te peevelit salaatte. Mutta jatketaan nyt siitä, että kun tulitte paikalle, niin näittekö silloin Oskari Tomuseulaa?

– En nähnyt, henkäisi Laura.

– En minäkään sitä tulessa vielä nähnyt, sanoi Artturi.

– En tainnut nähdä minäkään, sanoi Matias.

Japalavski vilkaisi taas kiukkuisesti häneen. Matias ajatteli, että hänen kai pitäisi puhua selkeämmin, vastata vain kyllä tai ei sanoilla.

Japalavski puhutteli Artturia.

– Se Tomuseula oli siis kadonnut jo silloin kun te tänne tulitte. Mitä te sitten teitte?

– Silloin kun tulin vai? Menin keittiöön. Siinä pöydällä oli muutama oluttölkki. Nehän oli tyhjiä, paitsi se yksi joka oli puolillaan. Join sen pois.

– Missä te silloin olitte?

Taas etsivä Japalavski yllättäen kääntyi häneen päin ja taas hän hätkähti kuin syyllinen ikään.

– Minä taisin olla paikalla. Niin olin kai täällä jo silloin.

– Keittiössäkö?

Matias päätti sittenkin kertoa totuuden. Ei hänestä ollut valehtelijaksi, oli hän sen tajunnut monta kertaa aikaisemminkin. Ei hän pystynyt edes vaimolleen valehtelemaan. Poliisille valehtelu tuntui vielä pahemmalta.

– Niin, minä olin makuuhuoneessa, hän sanoi. – Minä se tänne ensin tulin, ennen Artturia. Minä vain... Minä olin makuuhuoneessa.

– Oliko se Tomuseula silloin paikalla kun te tulitte.

– Niin, oli ja ei ollut. Tomuseula on kuollut.

– Kyllä minä sen jo ymmärsin. Se siis oli kuollut jo ennen kuin te tulitte.

– Kyllä, ihan melkein varmasti.

– No näittekö te sitä Tomuseulaa.

– Sitten vähän myöhemmin kyllä näin.

Suoni nyki Japalavskin ohimolla niin että sen näki kauaksi.

– Tomuseula siis oli kuollut kun te tulitte tänne?

– Ihan melkein varmasti oli kuollut.

– Ihan melkein varmasti. Missä te ihan melkein varmasti näitte kuolleen Oskari Tomuseulan?

– Sängyssä, makuuhuoneessa.

– Tuollako. Mennään sisälle katsomaan.

Matias vasta tajusi miten pahalle sisällä haisi. Vaikka ulko-ovi oli ollut auki jo pitkän aikaa, silti haju iski kasvoihin. Ulkona ilma oli raskas ja tyyni, ei se jaksanut kierrättää raitista ilmaa sisälle.

Viiriäinen riensi oitis avaamaan ikkunan.

– Saadaan läpiveto päälle, kertoi Viiriäinen.

Matias näytti etsiville Tomuseulan makuuhuoneen ja vuoteen, kertoi että siinä ruumis oli maannut.

- Ei siinä nyt ainakaan ole ketään, sanoi Japalavski.

- Ei ole patjaakaan, huomasi Viiriäinen.

- Siinäkö se Tomuseula varmasti oli silloin kun näitte hänet, sanoi Japalavski Matiakselle.

- Siinä makasi.

Japalavski tuijotti vuodetta.

- Kuolleena vai? sanoi Japalavski.

- Ihan melkein varmasti kuolleena. - Ainakin oli kuollut sitten vähän myöhemmin.

- Ettekö te heti nähnyt että oli kuollut?

- Ikkunassa oli verho edessä ja ovi oli kiinni. Oli niin hämärää, että vasta kun silmä tottui pimeään, niin erotin että joku siinä sängyssä makasi.

- Kauanko te sitten olitte täällä.

- Muutaman minuutin kai vain.

- Miksi ette ovea avannut?

- Kun Artturi tuli sisälle. Tai en minä silloin tiennyt että se oli Artturi. Minä olin vähän niin kuin piilossa.

- Vai piilosilla, sanoi Japalavski. - No, joka tapauksessa Tomuseula silloin makasi tuossa ja oli kuollut. Onko se nyt edes ihan varmaa?

Konstaapeli astui etsivä Japalavskin luo, kuiskasi jotain tämän korvaan.

- Mitä, mitä helvettiä, sanoi Japalavski.

- Kyllä se on varmaa, intti Matias. - Ainakin makasi sitten hetken päästä, kun tutkittiin paremmin. Sitten vähän myöhemmin kokeiltiin pulssia ja kaikkea. Kuollut oli.

Etsivä Viiriäinen sanoi:

- Olitteko te poissa välillä.

- Olin, puolisen tuntia kai.

- Ja missä.

- Keittiössä. Juotiin olutta Artturin kanssa. Ja hetken päästä Laura tuli paikalle.

- Minä toin Oskari Tomuseulalle sukan sovitettavaksi, sanoi Laura.

- Ja kun sinä palasit takaisin Tomuseulan luo, niin kuollut oli kuollut.

- Kuollut oli kuollut, sanoi Matias.

– Miten se sitten on lähtenyt siitä kävelemään? ihmetteli Viiriäinen.

– Mennään rantaan koko porukka, Japalavski sanoi Viiriäiselle. – Se onkin Tomuseula siellä kuolleena.

– Kuollut se on, tokaisi Artturi. – Tomuseula meinaan.

Järvenrannalle heitä lähti jono, johon kuului kaksi rikosetsivää, Artturi ja Laura ja Matias, sekä virkapukuisia poliiseja jonon edessä suuntaa näyttämässä kuin myös jonon perässä vahtimassa.

Matias kulki rantaan Artturin kannoilla. Kesken matkaa Artturi äkisti seisahtui ja kun hän törmäsi selkään, Artturi käänsi pään ja kysyi:

– Niin, pitikö minun vai sanoa että minä löysin Oskarin ruumiin?

– Niin kai siitä sovittiin, sanoi Matias, aikoi lisätä, ettei sillä enää olisi väliä, mutta virkaintoinen konstaapeli töni heidät liikkeelle.

Venevajan oven edessä oli kaksi virkapukuista poliisia kontallaan. Ovi oli lukossa ja ovesta näki sisälle siten, että toinen veti alaosasta ovea auki sillä aikaa kun toinen katseli raosta sisälle. Sivummalla seisoi alusvaatteisillaan märkä ihminen.

Japalavski kurkisti sisälle, kysyi:

– Onko se varmasti Oskari Tomuseula?

– Ihan varmasti on, sanoi iäkkäämpi poliisi. – Kyllä minä Oskari Tomuseulan tunnistan vaikka unissani. Olen minä sitä niin monta kertaa jahdannut ja väijynyt.

– No, päästiinhän tässä sentään alkuun, sanoi Japalavski. – Siellä siis on nyt se Tomuseula ja ihan varmasti on kuollut. Hyvä. Saa siitä tekniikan pojat kaivaa jäljet esille. Puretaan nyt koko juttu.

Japalavski virnuili tyytyväisenä, kääntyi Matiaksen puoleen, sanoi:

– Te siis tulitte Tomuseulan luo, milloinka se taas olikaan?

– Se saattoi olla maanantai, ehkä tiistai, vastasi Matias. – Se ainakin on varmaa, että aamulla aikaisin tulin.

– Onko ruumis siitä lähtien maannut tuossa? äimisteli Viiriäinen. – Se alkaa kohta mätänee, lämpimässä ja kosteassa.

– Ei se siinä ole kovin kauaa maannut, murahti Artturi. – Vastahan se siihen kannettiin. Eilenkö se oli?

– Sänkyynkö se kuitenkin kuoli, kysyi Japalavski.

– Sängystä se löydettiin kuolleena, sanoi Artturi.

– Miksi se nyt täällä makaa?

Matias muisti että hän oli ollut mukana tuomassa ruumista venevajaan. Miksi hän sen olikaan tehnyt? Pitäisikö hänen kertoa etsiville aivan kaikki mitä asiasta tiesi?

Hän sanoi:

– Minä löysin ruumiin.

– Minä sen löysin, väitti alusvaatteisillaan oleva märkä ihminen. – Näin tuosta yhdestä reiästä, että onpa täällä oudon näköinen mytty. Tuumin itsekseni, että parempi käydä vilkaisemassa sitä. Pääsin tuolta uimalla sisälle ja siinä ruumis makasi.

– On minulla avain siihen oveen, sanoi Artturi.

– Minä tarkoitin sitä... Matias sanoi, mutta samassa muuan konstaapeli riensi etsivien luo, selitti jotain Japalavskin korvaan. Japalavski noitui.

– Miten se ruumis sieltä sängystä tänne päätyi, kysyi Viiriäinen.

– Se tuotiin kottikärryillä, vastasi Matias. – Minä ja... Se taisi olla Eero siinä kaverina.

– Mikä Eero?

– Eero Kourula.

– Pitäisikö sekin vielä hakea, Viiriäinen sanoi.

Japalavski vain kohautti harteita, astui pari askelta taaksepäin, katsoi heitä pää vinossa. Matiaksesta vaikutti että etsivä vasta nyt huomasi Lauran.

– Ja Aulis Vihavainen, sanoi Matias, mutta kukaan ei tainnut kuunnella.

Virkapukuinen poliisi avasi venevajan ovea Artturilta saamillaan avaimilla.

– Te siis kannoitte ruumiin sängystä tänne, sanoi Viiriäinen, kirjoitti jotain muistivihkoon.

– Kottikärryillä se tuotiin, sanoi Matias.

– Liiteristä se tuotiin, tarkensi Artturi.

– Liiteristä, toisti Viiriäinen. – Sinnekö se kuoli?

– Ei, vaan sänkyyn, sanoi Matias.

Japalavski tuijotti heitä edelleen pienen matkan takaa. Matias kääntyi katsomaan Lauraa. Laura vapisi. Matias ajatteli, että pitäisikö hänen noutaa Lauran paita kivenkolosta. Se oli lähellä. Mutta miten hän sen etsiville selittäisi. Eikä Lauran vilu ehkä johtunut kylmästä vaan jostain aivan muusta. Tuskin verenlikainen paita Lauran oloa parantaisi.

Artturi oli painunut vähin erin kasaan. Hänestä näytti siltä, kuin Artturi toisin ajoin nukkuisi seisaallaan.

Lauralla oli vilu. Suuhun tunki oksennusta. Kun poliisi sai venevajan oven auki, hän näki Oskarin ruumiin. Oskari näytti kuolleemmalta kuin aikaisemmin. Mutta miksi ruumis oli venevajassa. Hän oli ensin nähnyt Oskarin makaavan omassa vuoteessa, ei silloin vielä tiennyt oliko kuollut vai elävä. Vähän ajan päästä hän oli löytänyt ruumiin komerosta ja vielä myöhemmin kellarin perunalaarista. Nyt ruumis lojui venevajassa.

Oliko se jotain karkeaa pilaa?

Ja miksi hänellä oli taas tuo tunne, kuin häntä ajettaisiin ansaan. Sama tunne häntä oli vaivannut jo silloin, kun Oskari oli ehdottanut että hän ryhtyisi muuliksi. Sama tunne vaivasi häntä aina kun hän ajatteli Oskari Tomuseulaa.

Mutta Oskari oli kuollut. Ja Eeron poliisi oli päästänyt pois, hänen nykyinen tuki ja turva. Mutta Eero oli jäänyt häntä maantielle odottamaan, sen hän oli nähnyt ennen kuin poliisi keksi marssittaa heidät rannalle. Kunpa poliisi noutaisi Eeron paikalle. Eero takuulla kertoisi poliisille, että hän oli vain sukkia kutova nainen. Oskari Tomuseula oli hänelle vain kuin työnantaja. Ei hän kunnolla edes tuntenut koko miestä.

Hän oli tullut Tomuseulan luo sovittamaan kutomaansa sukkaa, niin että voisi kutoa toisen samanlaisen. Miksi hän joutui poliisien välissä kulkemaan asunnon ja venevajan väliä, niin että kuka tahansa ohikulkija saattoi hänet maantieltä nähdä, kertoa vuokraemännälle ties mitä juoruja. Pian kai kylällä kaikki tietäisivät, että hän oli päiväkaupalla viettänyt aikaa ukkoköörissä Tomuseulan asunnolla, yöpynytkin vastikään kuolleen miehen sängyssä, eikä ollut aina yöpynyt aivan yksin.

Hänen olisi pitänyt poistua paikalta heti kun selvisi, että hänen työnantaja oli kuollut. Mutta milloin se hänelle oli selvinnyt? Hänelle tietoja oli ripoteltu niin pieninä annoksina, ettei hän enää muistanut milloin uutinen Tomuseulan kuolemasta oli tavoittanut tajunnan. Kai vasta silloin kun oli löytänyt ruumiin makuuhuoneen komerosta. Mutta hän oli silloin uskonut, että Oskari Tomuseula oli kuollut luonnollisen kuoleman. Vasta paljon myöhemmin joku oli vihjaissut, että Tomuseula oli tapettu. Se tieto oli heitetty hänelle niin pikaisesti, ettei hän ottanut tietoa todesta. Ei ennen kuin nyt.

Kiukku toi punaa Lauran kasvoille. Häntä oli jotenkin käytetty hyväksi, siltä hänestä tuntui. Hänet oli houkuteltu ansaan. Jo siitä lähtien kun ensimmäisen ryypyn työnantajansa luona joi, hänellä oli ollut tunne kuin olisi koukussa. Hän oli Tomuseulan luona siivonnut ja hoitanut puutarhaa, hänestä oli yritetty tehdä muulia. Häntä, heikkoa naista oli jotenkin käytetty hyväksi, ja nyt hän joutui poliisien välissä kulkemaan pitkin pihamaata.

Hänen pitäisi kertoa poliiseille, että oli tuomassa Tomuseulalle sukkaa. Tuo laihempi etsivä taisi olla jonkinlainen päällikkö. Miksi mies katseli häntä niin tarkasti?

Hän astui askeleen verran kohti Japalavskia, sanoi:

– Miksi te minua täällä pidätte. Minähän tulin vain sukkaa tuomaan Osk... Tomuseulalle, työnantajalleni.

Etsivän silmissä pilkahti jotain kovaa ja ilkeää. Japalavski sanoi:

– Ei me täällä rannalla mitään tehdä. Marssitaan takaisin.

He pääsivät tuskin kymmentä metriä, kun etsivä Japalavski pysäytti koko ryhmän, viittilöi häntä tulemaan ryhmän läpi luo, kumartui kourimaan jotain kiven alta. Etsivä suoristui, levitti näkyville paidan. Se oli hänen paita.

– Verinen paita, sanoi Japalavski. – Ei kai tämä ole rouvan paita?

– En minä rouva ole, Laura sai sanotuksi. – Minä olen vain työläisnainen ja minun pitäisi päästä sukkia kutomaan. Ja tuo paita, minun se kai on. Miten se noin likainen on.

Konstaapeli joka paidan oli löytänyt, kertoi:

– Paidassa kyllä taitaa olla kuivunutta verta. Sen saa tietysti tekniikka tutkia paremmin, mutta melkein varma olen siitä, että verta siinä on, ihmisen verta. Se ihminen makaa nyt tuolla venevajassa.

Laura pyörtyi.

– Tämä matto, siinäkin taitaa olla verta, Japalavski sanoi liiterissä, tuijotti kiukkuisesti vuoroin Matiasta, vuoroin Artturia. – Onko se Tomuseulan verta. Se tutkitaan laboratoriossa. Jos on niin hyvä niin, mutta jos ei? Nyt olisi viisainta puhua suu puhtaaksi. Onko täällä jossain ruumiita enemmänkin? Jos on, niin kyllä me ne löydetään. Tämä koko lähitienoo tutkitaan läpikohtaisin.

Matias ajatteli, että hänen pitäisi kertoa totuus. Hän ajatteli niin jo järvenrannalla kun poliisi löysi Lauran paidan. Hän sen sinne oli piilottanut. Hänen olisi pitänyt kertoa siitä, mutta asiat etenivät liian nopeasti. Laura oli pyörtynyt ja etsivä Viiriäinen kahden virkapukuisen poliisin kanssa olivat kantaneet Lauran Tomuseulan asuntoon sisälle.

Rannalla hänestä oli tuntunut siltä, kuin etsivä Japalavski olisi epäillyt Lauraa syylliseksi Tomuseulan kuolemaan. Mutta eihän se niin voinut olla. Laura oli taloon tullut hänen jälkeen. Mutta ei hän sitä ollut nähnyt. Olisiko Laura voinut olla talossa piilossa hänen sinne tullessa?

Ja miksei Artturi selittänyt mitään. Kun poliisi oli kaivanut kiven kolosta Lauran verisen paidan, oli Artturi hörähtänyt nauramaan.

Hänen pitäisi kai unohtaa koko Artturi, kertoa etsiville kaikki siitä lähtien kun tuli Tomuseulan asunnolle. Kertomista vain oli aika paljon. Pitäisi kertoa siitäkin, että hän oli mukana kantamassa Tomuseulan ruumista milloin mihinkin. Ja se puukko. Pitäisi kertoa myös puukosta ja siitä miksi puukosta löytyisi hänen sormenjäljet.

Samassa oli pitänyt kiirehtiä rannalta liiteriin niin lujaa vauhtia, että vanhaa miestä hengästytti. Liiterissä joku virkapukuinen konstaapeli osoitti mattoa.

– Olisiko se persialainen matto, mutisi Artturi.

Hän nosti kätensä ilmaan, viittasi kuin joskus kouluvuosina oppitunnilla, ja kun Japalavski lopulta katsoi häntä, hän sanoi:

– Minä olin paikalla ensin.

Hänen tunnustus ei tuntunut tekevän poliiseihin minkäänlaista vaikutusta.

– Tarkoitan että minä tulin tänne ensin.

– Tänne liiteriin vai. Minun perässähän te kävelitte, sanoi Japalavski.

– Niin mutta silloin... Tarkoitan, että minä löysin ruumiin.

– Minä sen löysin, huusi märkä konstaapeli pihalta. – Tuolta venevajasta. Näin oksanreiästä sisälle ja uin katsomaan.

– Ja minä löysin verisen paidan, kertoi mukana kulkenut konstaapeli. – Pisti heti silmään kun pilkisti jotain vaaleaa kiven alta. Ajattelin, että minäpä vilkaisen mitä siellä oikein onkaan. Ja siinä se oli, verinen paita.

– Minä löysin patjan ja maton, sanoi kolmas. – Maton täältä liiteristä ja patjan tuolta niityltä.

– Ne nyt olisi löydetty muutenkin ilman muuta, väitti ruumiin löytäjä. – Ovi oli auki ja sen kun kävellä sisään.

– Minä tarkoitan, että silloin kun tänne tulin, sanoi Matias.

– Mikä patja? havahtui Japalavski.

– Tuolla niityllä on patja, selitti konstaapeli. – Luulen että patjassa on verta.

– Tuokaa tänne se.

Matias sanoi:

– Minä sitä tarkoitan, että silloin minä tulin ensin.

– Milloin, kysyi Japalavski.

Niin, milloin hän olikaan paikalle tullut. Saattoi se olla myös sunnuntai tai keskiviikko. Välillä tuntui kuin hänen paikalle tulosta olisi kuluvat vasta pari tuntia, välillä aika tuntui parin viikon mittaiselta. Ajantaju oli kai hämärtynyt. Hän oli tullut paikalle aamulla, sen hän muisti aivan varmasti, mutta minä päivänä.

– Mitä, hän sanoi.

– Milloin te tänne tulitte? kysyi Japalavski.

– Mikä päivä tänään on?

– Torstai.

– Minä tulin...

Ennen kuin sai lausetta loppuun sanotuksi, uusi konstaapeli livahti Japalavskin vierelle, kuiskasi niin kovalla äänellä että kaikki kuulivat.

– Puukolla tai veitsellä sitä on lyöty, mutta surma-asetta ei löydy mistään.

– Tämä nyt muuttaa asiat vielä pahemmiksi, sanoi Japalavski. – Sehän tekee taposta murhan.

Matiasta pyörrytti.

Laura välillä heräsi, nukahti taas. Mieluummin hän olisi nukkunut tauotta. Aina milloin heräsi, tuli mieleen että hänet oli saatu ansaan. Hänen työnantaja oli tapettu ja ruumis viety venevajaan. Hänen paita oli piilotettu rannalle aivan lähelle ruumista. Kaiken lisäksi paita oli tahrittu vereen. Oliko veri hänen työnantajan verta? Miksei Tomuseulan ruumis voinut pysyä paikallaan kuten muut ruumiit?

Ja se siviilipukuinen laiha etsivä oli katsonut häntä kuin pitäisi häntä murhaajana. Se tuntui uskomattomalta.

Niinä hetkinä milloin oli valveilla, hänen teki mieli kurkistaa ikkunasta ja tarkistaa, että vieläkö Eero odotti häntä maantiellä. Mutta aina milloin nousi ylös, ilmestyi jostain virkapukuinen poliisi, sanoi:

– Rouva lepää vaan siinä. Siihen asti kunnes etsivät tulevat. Ne kai tahtoo vielä jutella.

Japalavski jätti heidät liiteriin, Artturin ja hänet, sekä kolme konstaapelia joista yksi oli löytänyt ruumiin, toinen paidan ja kolmas patjan sekä maton. Ruumiin löytänyt poliisi pukeutui virkapukuun.

Ovenraosta Matias näki, että Japalavski tupakoi pihalla. Hän kääntyi katsomaan Artturia. Artturi oli lysähtänyt istumaan klapikasaan. Matiaksen mielestä Artturi oli paljon vanhempi kuin edellisenä päivänä. Ryhti oli lysähtänyt kumaraiseksi. Kasvoilla oli juonteita ja ryppyjä joita hän ei aikaisemmin ollut huomannut. Hiukset sojottivat päässä kaikkiin suuntiin, olivat otsalta liimautuneet hikiseen ihoon kiinni. Partakarvat tököttivät parin millin mittaisina piikkeinä.

Japalavski näytti polttavan vielä toisenkin tupakan, sytytti sen edellisen jämästä. Artturikin valitti tupakanhimoa, ja verisen paidan löytänyt konstaapeli antoi Artturille luvan kärytellä oviaukossa.

Matias ajatteli, että kun etsivä palaisi, hän kertoisi juurta jaksain kaiken mitä tiesi. Hän kertoisi miten oli tullut Tomuseulan asunnolle, miten oli löytänyt ruumiin.

Mutta missä oli puukko, jonka hän oli vetänyt ruumiin rinnasta? Miten hän sen selittäisi. Ja pitäisikö hänen kertoa etsiville siitäkin, että oli ehdottanut Artturille, että Artturi kertoisi löytäneensä ruumiin? Mitä muuta pitäisi kertoa?

Etsivä Viiriäinen oli liittynyt Japalavskin seuraan. He palasivat yhdessä liiteriin. Japalavski sanoi:

– Tekö siis liiteristä kannoitte vainajan venevajaan. Ja miksi?

– Minä käskin siirtää ruumiin venevajaan, vastasi Artturi. – Ajattelin, että kun on naisia talossa, niin laitetaan ruumis piiloon.

– Mutta se Tomuseula siis kuitenkin kuoli sänkyyn.

– Sänkyyn kuoli, vastasi Matias.

– Ja te kannoitte sen vuoteesta tänne liiteriin.

Matiasta harmitti, mutta hän kertoi:

– Tänne se kannettiin kellarista.

– Kellarista, toisti Japalavski, kääntyi ykskaks konstaapelien puoleen ja kysyi:

– Löytyikö tappoase?

– Ei sitä ainakaan venevajassa eikä veneessä ollut, sanoi konstaapeli. – Jos se on järveen viskattu, niin voi kulua kauan ennen kuin löytyy.

– Katsokaa jos vaikka löytyisi samasta paikasta kuin se verinen paita, ehdotti Japalavski.

Japalavski kääntyi hänen ja Artturin puoleen, selitti:

– Nyt siis onkin kyseessä murha. Nyt olisi sopiva aika lopettaa se pelleily ja kertoa kaikki mitä tiedätte.

Matias sanoi:

– Minä löysin Tomuseulan ruumiin.

– Ja se käärittiin persialaiseen mattoon, naurahti Artturi.

Virkapukuiset poliisit seisoivat vielä liiterin ovella.

– Menkää te etsimään sitä puukkoa, tiuskaisi Japalavski niin äkäisesti että myös Artturi havahtui, oli kuin aikeissa lähteä konstaapelien mukaan.

Japalavski keskeytti Artturin matkanteon.

– Täälläkö se Tomuseula tapettiin.

– Ei, ei kai, selitti Matias kiireesti. – Luulen että sängyssä se tapettiin, makuuhuoneessa.

– Niin ja te siis kannoitte ruumiin makuuhuoneesta tänne.

– Ei vaan kellarista, väitti Artturi.

– Kellarista niin. Mitä helvettiä se kellarissa teki?

– Se oli vaan semmoinen välivarasto, sanoi Artturi.

Matias muisti taas, että hän oli vetänyt puukon pois Tomuseulan rinnasta makuuhuoneessa. Nyt poliisi etsi puukkoa rannalta. Hänen pitäisi kai kertoa... Mutta puukossa oli hänen sormenjäljet. Ehkä se voisi hieman parantaa hänen tilannetta, jos kertoisi puukosta ennen kuin poliisi sitä ryhtyy järvestä etsimään.

– Se puukko on kai makuuhuoneessa, hän sanoi. – Tai ainakin oli silloin, kun vedin sen irti.

– Mitä helvettiä sinä teit? kysyi Japalavski.

– Minä vedin puukon irti. Oli niin roisin näköinen.

Japalavski huusi ovelta:

– Älkää etsikökään sitä puukkoa. Se on kai makuuhuoneessa. Mennään mekin kaikki sinne.

Japalavskin johdolla asteltiin taloon. Pihalla jonoon liittyi kolmen konstaapelin ryhmä. Japalavski päätti vilkaista ensin kellaria. Kellarissa etsivä yritti taas uudelleen koota palapeliä yhteen.

– Te siis kannoitte ruumiin sängystä tänne.

– Ei vaan komerosta, sanoi Matias.

– Mistä helvetin komerosta, tiuskaisi Japalavski.

– Makuuhuoneen komerosta.

Japalavski tuijotti hetken tyhjin silmin kellarin seinää, sanoi:

– No antaa sen nyt vielä olla. Ruumis siis kuitenkin oli täällä. Missä kohti se tarkalleen oli?

Matias näytti paikan. Artturi nyökytti päätään, todisti siten että ruumis oli juuri sillä kohti ollut. Paikalla ei näkynyt edes veritahraa.

– Mennään sitten makuuhuoneeseen, sanoi Japalavski. – Sinne mistä kannoitte ruumiin kellariin.

Ennen kuin pääsivät makuuhuoneeseen, poliisit taluttivat Lauran makuuhuoneesta keittiöön. Makuuhuoneessa Matias selosti missä ruumis oli maannut hänen tullessa, miten olivat siirtäneet sen yhdessä komeroon. Artturi nyökytteli.

– Ja silloinko sillä oli puukko rinnassa, kysyi Japalavski.

– Silloin oli puukko rinnassa. Kun siirrettiin kellariin, ruumis jäi hetkeksi tähän. Ei kahdestaan jaksettu. Artturi lähti hakemaan kantoapua.

Artturi nyökytteli.

– Ja te veditte puukon rinnasta pois, Japalavski sanoi Matiakselle. – Nyt teidän olisi viisainta jo kertoa kaikki mitä tiedätte.

– Minä vedin puukon rinnasta pois. Se oli syvälle lyöty. En jaksa uskoa että Laura olisi voinut puukkoa niin syvälle lyödä.

– Ja.

– Ja? Vedin puukon pois.

– Minne te panitte sen puukon?

– Tässä jossain sen pitäisi olla.

Puukkoa ei näkynyt missään. Matias tajusi, että jos Laura siivotessaan oli heittänyt puukon pois, niin puukossa olisi myös Lauran sormenjäljet.

– Pitäisikö teidän sittenkin lähteä etsimään sitä puukkoa sieltä rannasta, Japalavski sanoi virkapukuisille poliiseille. – Ellei sitten keittiössä satu olemaan veristä puukkoa.

Samassa Japalavski kääntyi:

– Ja te, te kerrotte nyt alusta alkaen kaiken mitä tiedätte.

Tuota Matias juuri oli odottanut. Hän tahtoi asian pois tunnoltaan. Hän kertoisi kaiken silläkin uhalla että häntä moitittaisiin, ja vaikka syytettäisiin jostain. Hän päätti kertoa kaiken alusta pitäen.

– Minä tulin tänne ensin. Minä löysin ruumiin...

– Puukkoko? Puukko, Artturi havahtui samassa ajatuksistaan. – Minä yhden puukon näin jollakulla. Oliko Niilo vai Eero vai kuka?

– No mitä se puukolla teki.

– No ei niin mitään, ei ainakaan sillä hetkellä. Se oli niin, että minä taisin myydä sen puukon sille.

– Myydä! Voi herra Kiesus, huokasi Japalavski.

– Vitosen minä siitä vaan sain, sanoi Artturi.

– Älkää menkökään puukkoa etsimään, huusi Japalavski ovelta poistuville poliiseille. – Se voi olla jo ties missä asti. Ruumis siis kai kuitenkin oli täällä. Ja oli kuollut jo silloin.

– Oli kuollut, vastasi Artturi. – Kyllä minäkin sen näin. Yhdessä me se sitten kannettiin täältä pois.

– Täältä kannoitte sen kellariin. Ja kellarista kannoitte liiteriin. Ja liiteristä kannoitte sen venevajaan.

– Niin, tai Matias ja Jaakko kantoivat sen ensin kellariin. Minä olin silloin vähän kuin päällysmiehenä.

– Ei vaan Nisse Sampakan ja Eino Mäkelän kanssa kannettiin kellariin se, korjasi Matias. – Sitten Jaakon kanssa kannettiin liiteriin. Eikö se niin mennyt?

– Niin se taisikin olla, myönsi Artturi.

– Kuka hemmetin Jaakko? ihmetteli Japalavski.

– Jaakko Mäentakainen, sanoi Artturi.

– Ja Eeron ja Auliksen kanssa vietiin venevajaan, muisteli Matias.

– Eikö siinä Jaska ollut kolmantena kantamassa, väitti Artturi.

– Jaska nukahti liiteriin, muisti Matias.

Etsivät siirtyivät kammariin. Matias seurasi vähän matkaa, seisahtui ovelle. Japalavski kävi keittiössä, mutta palasi pian.

Viiriäinen valitti Japalavskille:

– Minulla alkaa kohta olla muistivihko täynnä.

Japalavski hieroi käsillä kasvoja, sanoi:

– Miten sitä voikin ihminen olla näin väsynyt. Olen kyllä niin väsynyt niin väsynyt. Kaikki asiat ovat menneet jotenkin pieleen, niin kotona kuin töissäkin. Tämmöisiä juttuja sitten vielä joutuu selvittämään, jotain juoppojen riitoja.

– Minä haen autosta uuden muistivihon, sanoi Viiriäinen.

Laura kurkki keittiön ikkunasta ulos. Maantielle oli kerääntynyt uteliaita kyläläisiä. Hän ei nähnyt Eeroa heidän joukossa, arveli tämän menneen uteliaita kyläläisiä piiloon. Kun hän vain pääsisi pois poliisien huomasta, niin Eero ilmestyisi jostain hänen vierelle.

Hänen oli vaikea tajuta, mitä oikein oli tapahtunut. Hän oli tuonut sukan Oskari Tomuseulalle sovitettavaksi. Sukka oli edelleen hänellä. Se ei tuntunut poliiseja kiinnostavan. Kun hän kaivoi sen taas käsilaukusta esille, virkapukuinen poliisi kysyi:

– Paleltaako rouvaa?

Hän oli sitten jäänyt työnantajansa, Oskari To-
museulan luo siivoamaan paikkoja, vaikka ei itse työnan-
tajaansa tavannut. Hän oli jäänyt paikalle senkin jälkeen,
kun tiesi että Tomuseula oli kuollut. Ja jo paljon sitä ennen
hänellä oli ollut tunne, kuin häntä houkuteltaisiin ansaan.

Tuo tunne oli käynyt hänelle liian vahvaksi sillä het-
kellä, kun poliisi kaivoi kivenkolosta hänen paidan. Miten
se oli sinne joutunut niin lähelle ruumista? Ei ainakaan
Tomuseula hänen paitaa voinut rannalle viedä, sillä To-
museula oli kuollut jo aikaisemmin. Ja äsken tuo laiha et-
sivä oli käynyt kysymässä häneltä jostain puukosta,
käskenyt sitten virkapukuisia ottamaan häneltä sormen-
jäljet. Aivan kuin etsivä olisi epäillyt hänen surmanneen
työnantajansa. Aivan kuin joku olisi lavastanut hänet näyt-
tämään syylliseltä murhaan.

Viiriäinen oli löytänyt uuden muistivihon. Matias oli ha-
vainnut, että Viiriäistä koko juttu tuntui kovasti huvitta-
van. Etsivä oli naureskellut itsekseen kaiken aikaa.
Muutoin Viiriäinen vaikutti vakavalta mieheltä, oikein
poliisin perikuvalta. Vain tuo alituinen hihittely kummas-
tutti.

Etsivä Japalavski vaikutti väsyneeltä, hieroi kasvoja
yhtenään, tuijotti välillä seinää poissaolevan näköisenä.

– Olisiko siellä kahvia, Japalavski kysyi virkapukuisilta
poliiseilta.

– On siellä kahvia, mutta kovin on väkevää, yksi vasta-
si. – Joku on kai viinapullon tyhjentänyt kahvipannuun.

– No ei sitten.

Japalavski komensi Artturin ja Matiaksen kammarin
pöydän ääreen. Myös Laura sai käskyn liittyä joukkoon.
Japalavskista näki selvästi päälle, että hän yritti kovasti
muodostaa kuvaa tapahtumista, mutta ei siinä tuntunut
onnistuvan. Kun Matias muisteli muutaman viime päivän
tapahtumia, ei kuva ollut hänellekään kovin selkeä.

– Jos nyt kelataan juttu vielä läpi alusta pitäen, Japa-
lavski sanoi. – Te siis tulitte tänne ensin ja löysitte To-

museulan makuuhuoneen vuoteesta. Olenko minä siihen asti ymmärtänyt oikein?

Matias ajatteli, että nyt hän kertoisi koko tapahtumasarjan alusta loppuun.

– Niin se tapahtui, Matias sanoi. – Minä tulin tänne ennen muita ja löysin ruumiin. Minun tietysti olisi pitänyt ilmoittaa siitä jonnekin, mutta...

Japalavski keskeytti hänet:

– Silloin kun te ruumiin löysitte, niin osaatko ollenkaan päätellä oliko se kauan ollut kuolleena.

– Ainakin minusta vaikutti ihan siltä, että Tomuseula olisi ihan äskettäin kuollut, kertoi Matias tuntemuksiaan. – En tiedä mistä sen tiedän, mutta niin vahvasti uskon. Se sitten vähän myöhemmin, kun kannettiin se kellariin, tuntui paljon kuolleemmalta.

– Miksi se kellariin piti viedä? naurahti Viiriäinen.

– Piti naisväeltä saada piiloon, sanoi Artturi.

– Minä olin vain sukkaa tuomassa Oskari Tomuseulalle, sanoi Laura. – Minä olen hänellä töissä.

– Ja kellarista kannoitte ruumiin liiteriin, sanoi Viiriäinen, selasi vanhaa muistivihkoa.

– Kun alkoi väkeä kertyä paikalle niin paljon, kertoi Artturi.

– Minä olisin kyllä Tomuseulalle kutonut pian toisen sukan, sanoi Laura. – Heti sitten kun olisi ensin sovittanut tätä yhtä.

Matias tuijotti Japalavskia tiukasti silmiin, sanoi:

– Minä tulin varhain aamulla paikalle ja löysin ruumiin.

– Minusta Osk... Tomuseula oli kuin suuri hämähäkki, sanoi Laura. – Se kutoi verkkoja ja niihin ihmiset jäi kiinni. Minusta se aikoi muulin tehdä.

Konstaapeli kiirehti ovelta Japalavskin luo, kuiskasi jotain.

– Puukonhaava kielessä, karjaisi Japalavski.

– Siltä se ainakin näytti, selitti konstaapeli. – Sydämeen sitä on puukotettu, mutta myös kielessä oli puukonhaava.

- Mitä kummaa täällä on tapahtunut, naureskeli Viiriäinen.

Matias ajatteli, että hänen pitäisi sekin asia selittää. Tuntui vain niin vaikealta päästä edes alkuun.

Ovella seisonut konstaapeli sanoi:

- Täällä on tekniikan pojat tulossa.

- Mitä ne täältä muka löytävät, ihmetteli Japalavski. - Puoli kylää on ollut täällä ryyppäämässä. Kaikki jäljet on sotkettu ja niin tarkkaan kuin olla ja voi. Surma-ase on kai myyty jollekin juopolle.

- Me kuitenkin tutkitaan, sanoi mies ovelta.

Japalavski päätti:

- Te kolme saatte tulla asemalle mukaan. Jatketaan juttua siellä. Minä haluan kahvia. Ei tämä tästä nyt muuten valkene.

13.

Matias joutui selliin, kolkkoon betoniseen koppiin. Muuta kopissa ei ollut, paitsi himmeä lamppu katossa ristikon takana ja korkealla seinässä kalterein varustettu ikkuna.

Hän istui lattialle, mutta ponkaisi samassa kävelemään selliä edestakaisin. Sillä hetkellä eniten kadutti se, että oli vetänyt puukon irti vainajan rinnasta. Puukonkahvasta löytyisivät hänen sormenjäljet. Jos poliisit takertuisivat siihen, hän joutuisi virumaan poliisin huostassa ties kuinka kauan. Hänen olisi pitänyt kertoa poliisille kaikki mitä oli Tomuseulan asunnolla tehnyt. Oli hän sitä yrittänytkin, mutta vaikka ajatus liikkui viinan voimalla nopeasti, ei vauhti tarttunut sanoihin ja tekoihin.

Mutta oliko puukonkahvassa myös Lauran sormenjäljet, kun oli siivonnut makuuhuonetta ja siirtänyt puukon jonnekin. Puukossa saattoi olla myös Artturin sormenjäljet, kun oli puukon myynyt jollekin. Ja siinä olisi myös puukon ostajan sormenjäljet. Löytäisivätkö poliisit noiden kaikkien sormenjälkien alta myös Tomuseulan tappajan sormenjäljet?

Hän olisi pitänyt jättää puukko siihen missä se oli.

Viina tuntui haihtuvan päästä turhan nopeasti. Tilalle tuli krapula. Hän lysähti lopulta lattialle istumaan. Mitä hän kertoisi vaimolle, sitten kun kotiin pääsisi. Tarvitsisiko hänen kertoa mitään? Kun häntä oli Tomuseulan asunnosta saatettu poliisiautoon, hän oli nähnyt, että maatielle oli kerääntynyt paljon uteliaita kyläläisiä. Kai joku heistä kertoisi hänen vaimolle, missä hän oli.

Vaimo olisi häpeissään, mutta niin vaimo oli hänen takiaan ollut useasti aikaisemminkin. Mutta vaimo päästäisi hänet kotiin. Ehkä vaimo jopa tulisi noutamaan häntä poliisiasemalta. Hän muisti erään kerran, kun vaimo oli tullut herättelemään häntä katuojasta. Hän muisti vain hämärästi miten oli katuojaan päätynyt. Sen hän muisti, että oli paikallisessa baarissa kaljoitellut tutussa seurassa. Baarin vessassa oltiin välillä juotua väkeviä. Ehkä hän oli lähtenyt tallustamaan kotia kohti, mutta matkalla kaatunut ojaan. Hän muisti sen kun oli herännyt. Oli ollut kylmä, syysmyöhäinen pimeä ilta. Vaimo oli ravistanut häntä kunnes hän avasi silmät. Vaimo oli auttanut hänet pystyyn, kulkenut hänen kainalossa kuin kainalosauva vaikka tuttuja tuli vastaan niin kävellen kuin autoillakin.

Silloin he olivat olleet nuoria, lapset vielä koulutiellä. Enää moniin vuosiin vaimo ei häntä ollut lähtenyt etsimään.

Viereisessä sellissä Laura vuoroin istui, vuoroin makasi kovalla lattialla. Hän tunsi olevansa ansassa. Kun hän muisteli viime päivien tapahtumia, huimasi niin ettei jaloilleen uskaltanut nousta.

Oskari Tomuseula, hänen työnantaja siis oli tapettu ja ruumis oli piilotettu venevajaan. Ennen kaikkea se ihmetytti, että miksi hänen paita löytyi rannalta kivenkolosta. Yrittikö joku ihan oikeasti saada poliisin uskomaan, että hän oli tappanut työnantajansa ja siinä työssä liannut paidan ja koettanut hätäpäissä sitä piilottaa. Ei kai poliisi hänestä voinut sellaista uskoa, ei kai kukaan voisi hänestä sellaista uskoa.

Hän mietti vielä uudelleen aikaa minkä oli työnantajansa asunnolla viettänyt. Hänen paikalle tullessa talossa olivat olleet vain Artturi ja Matias. Ei ehkä mitään kunnon miehiä, ei ainakaan Artturi, mutta miehiä joihin hän oli luottanut. Olisivatko nämä voineet tappaa Tomuseulan? Ehkä sellainen Artturilta onnistuisikin. Mutta voisiko Artturi aivan kylmästi lavastaa hänet syylliseksi? Se ei sopinut sen enempää Artturiin kuin Matiakseenkaan. Ei se sopinut kehenkään hänen tutuista.

Silti Tomuseula oli tapettu ja hänen paita oli löytynyt rannalta läheltä ruumista.

Paidan hän oli riisunut kun Eero...

Olisiko Eero voinut paidan viedä rantaan? Miksi?

Loppuajan hän oli ollut Eeron seurassa, jopa niin tiiviisti että kai muutkin havaitsivat heidän välillä olevan romanssia. Ehkä joku toinenkin oli häneen rakastunut, Artturi tai Matias. Eikö hän jo ensimmäisenä päivänä kuullut jonkun vitsailevan, että Matias jäi vartioon makuuhuoneen ulkopuolelle kun hän nukkui työnantajansa vuoteessa. Ehkä Matias oli aikonut hänen viereen, tai myöhemmin joku muu suuresta joukosta. Kun hän oli valinnut Eeron, oli joku mustasukkaisuudessaan yrittänyt lavastaa hänet syylliseksi.

Laura oli niin väsynyt, että nukahti kovalle lattialle ja kaikesta huolimatta hän näki ruusuisia unia.

Artturi Vehmanen mietti omassa sellissä tapahtumia. Häntä harmitti vain vähän. Jos hän olisi saanut vielä päivän tai pari aikaa, hän olisi takuulla löytänyt talosta Oskarin rahapiilon. Hän arveli nyt, että se voisi hyvinkin olla savuhormissa. Kammarissa oli uuni, mutta kun hän nyt asiaa tarkemmin muisteli, vaikutti siltä, ettei uunia oltu käytetty vuosiin, ei ehkä vuosikymmeniin. Siinäpä olisi oiva piilopaikka rahakätkölle.

Hän ei ollut sitä ennättänyt tutkimaan ollenkaan. Mutta vieläkään se ei olisi myöhäistä. Kun vain pääsisi vapaaksi, hän voisi yön pimeydessä mennä vielä uudelleen Oskarin asunnolle, tutkia kaikki ne paikat mihin ei ollut ennättänyt.

Mutta ensin pitäisi päästä vapaaksi. Se että Oskari oli kuollut, tapettu ja hänet pidätetty, se mutkisti asiaa. Se että myös Matias ja Laura oli tuotu asemalle, kertoi hänelle sen, ettei poliisilla ollut hajuakaan syyllisestä.

Enemmän kuin tappajan löytyminen, häntä askarrutti se, että miten tarkkaan poliisi Tomuseulan asunnon tutkisi. Varmasti poliisi löytäisi viinaa sisältävän komeron, olihan hänkin sen helposti löytänyt. Tyytyisikö poliisi siihen? Piilo mihin Oskari oli sijoittanut saamansa pantit ja rahat, saattaisi jäädä poliisilta löytymättä.

Oskarin tappoon poliisi ei häntä voisi yhdistää, ei sen enempää kuin Matiasta ja Lauraakaan. Hän tosin oli myynyt Oskarin viinoja, mutta tuskinpa etsivät häntä muutaman viinapullon myymisestä kauaa aikaa pidätettynä pitäisivät, olkoonkin vaikka viinat eivät olleet hänen.

Heti kun pääsisi vapaaksi, hän tutkisi uudelleen Oskarin asunnon. Hän löytäisi piilon mihin Oskari oli laittanut saamansa pantit. Ehkä siellä olisi myös silkkaa rahaa. Sitten hän voisi...

14.

Matias mietti sellissä myös sitä, kuka Tomuseulan oli tappanut. Artturi oli jossain vaiheessa arvellut, että tappaja voisi olla itämafian väkeä. Hän arveli, että Artturi voisi hyvinkin olla oikeassa. Sen pohjalta hän kehitteli perusteluja, joita voisi etsiville kertoa: Oskari Tomuseula oli Virosta ja Venäjältä tuonut viinaa ja tupakkaa Suomeen, ehkä myös huumeita, kuten Artturi oli epäillyt. Noilla reissuilla Tomuseula oli astellut itämafian varpaille, kuten Artturikin oli epäillyt. Itämafia oli lähettänyt tappajan Tomuseulan perään, kuten Artturi...

Matias muisti myös ensimmäisen yön minkä oli trokarin asunnolla viettänyt. Hän oli herännyt yöllä. Ehkä se oli ääni mikä syntyy kun ovi avataan ja suljetaan. Ehkä juuri silloin itämafian tappaja oli poistunut paikalta. Ehkä tappaja oli koko päivän ollut piilossa vaikka ullakolla, oli uskaltautunut pois vasta kun luuli että kaikki nukkuivat.

Jos hän sinä yönä olisi kiirehtinyt ulos, hän olisi saattanut nähdä tappajan.

Nämä asiat hän päätti kertoa etsiville heti kun nämä tapaisi, mutta hän sanoikin ensin:

– Jos siitä puukosta löytyy minun sormenjäljet, niin sen minä voin kyllä selittää.

– Mistä puukosta, ihmetteli Japalavski.

– Siitä millä Tomuseula tapettiin. Onhan siinä tietysti minun sormenjäljet, ja ehkä Lauran sormenjäljet ja Artturin ja ehkä myös sen joka puukon Artturilta osti, mutta niiden jälkien alta pitäisi löytyä tappajan sormenjäljet. Mutta jos otatte meiltä kaikilta sormenjäljet talteen, ja sitten ne sormenjäljet jotka ei kuulu meille, ovat tappajan jättämät. Siinä teillä on syyllinen.

– Mistä te oikein puhutte, kysyi Japalavski.

– Sitä vaan, vaan onhan se vieras varmasti jättänyt jälkiä muuallekin kuin puukkoon, Matias jatkoi. – Jostain kun löydätte aivan vieraat sormenjäljet, niin siinä on tappaja.

– Kuka on sanonut että Tomuseulan tappoi joku vieras, kysyi Japalavski.

– Ei kukaan, ei kai kukaan. Ajattelin vaan, kun se Tomuseula siellä Venäjällä ja Virossa niin usein reissasi.

– Luuletko että Venäjältä tai Virosta olisi joku tullut tänne varta vasten Tomuseulaa tappamaan.

– No mitä kummaa siinä olisi. Eikös se itämafia niissä maissa hallitse.

– Että mafia olisi Tomuseulan tapaisen pikkutekijän tappanut. No palataan siihen myöhemmin. Mutta kun te silloin sen ruumiin löysitte, niin miksi helvetissä ette heti voinut siitä poliisille ilmoittaa. Nyt joudutaan vanhoja jälkiä nuuskimaan.

– No se nyt kävi niin...

– Että ryypiskelitte, arvaan minä sen.

– Niin, niin taidettiin tehdä.

– Ja aina välillä siirtelitte ruumista sinne tänne, naurahti Viiriäinen.

– Niinkin taidettiin tehdä.

– Ettekö te tollot tajunneet että se on rikos, pahan sorttinen rikos, sanoi Japalavski. – Se on tappo tai jopa murha. Siitä joku joutuu häkkiin miettimään.

– Kyllä minä sitä silloin ajattelin, että jotain hämärää siinä täytyy olla, myönsi Matias. – Mutta minkä sille sitten enää mahtoi. Kuollut mikä kuollut.

Etsivät kuulustelivat hän toimistohuoneessa. Huoneessa oli vain kirjoituspöytä, kaksi tuolia ja isohko kaappi nurkassa. Ikkunasta näkyi vähän metsää ja moottoritie. Ikkunalla, kuten myös kirjoituspöydällä oli kukkaruukuissa kasveja. Lähimpänä näkyi kaktus. Se pani epäilemään, ettei huone ollut ainakaan Japalavskin. Vaikutti ettei Japalavski ollut ollenkaan kukkaisihmisiä. Ovi viereiseen toimistohuoneeseen oli auki.

Paikalle hänet oli saattanut vanhahko virkapukuinen poliisi. Saman poliisin hän oli nähnyt Tomuseulan asunolla. Poliisi oli saattanut hänet tuoliin istumaan, jäänyt itse oven eteen seisomaan hänen selän taa. Japalavski istui pöydän toisella puolella. Viiriäinen nojasi seinää, selasi muistivihkoa.

Japalavski tuntui saman tien kyllästyvän kuulusteluun, nousi ja astui ikkunan ääreen, sanoi Viiriäiselle:

– Siitä taitaa tulla helvetin kuuma kesä. Kyllä sitä tämmöisenä kesänä tekisi mieluummin jotain ihan muuta. Olisi vaikka ongella.

– Vaan minkäs teet, sanoi Viiriäinen. – Kai se tappaja on telkien taa saatava.

– Minusta se kyllä teki vaan palveluksen poliiseille, kun trokarin tappoi. Eikö se Tomuseula ollut melkoinen tekijä sillä saralla?

– Sitä äijää on väijytty vähän monet kerrat, sanoi ovelle jäänyt virkapukuinen poliisi. – Minäkin olen ollut sitä väijymässä ainakin kymmenen kertaa, silloin muinoin. Aina se jotenkin onnistui välttämään isommat tuomiot.

– No nyt sai mitä ansaitsi, sanoi Japalavski, kääntyi sanomaan hänelle. – Mene sinä vielä sinne koppiin vähäksi aikaa. Minä kuuntelen niitä muita välillä.

Kun hän virkapukuisen poliisin perässä astui ovesta ulos, Japalavski sanoi vielä:

– Kyllä sinä tänään täältä kotiin pääset.

– Kehittelet vähän aikaa vaimolle selityksiä, naurahti Viiriäinen.

Kun Artturi päätyi etsivien kuultavaksi, hän kysyi viattomasti:

– Joko syyllinen on saatu kiinni?

– Helvetti, raivostui Japalavski. – Meiltä kului ties miten kauan aikaa jo siihen, että löydettiin tappoase, se puukko minkä se toinen tollo veti pois Tomuseulan rinnasta ja minkä sinä myit sille yhdelle kolmannelle hölmölle.

– Luultiin että kyseessä oli onnettomuus.

– Toisella on puukko pystyssä sydämen kohdalla, ja luulitte onnettomuudeksi.

– No, me taidettiin olla vähän juovuksissa. Ajateltiin me sitäkin, että olisiko se ollut itsemurha.

– Eikö Oskari Tomuseula maannut selällään sängyssään kun te löysitte hänet. Miten kummassa se voisi olla onnettomuus tai itsemurha. Hyvin harvalla on kanttia painaa puukko sydämeen kahvaa myöten.

– No, me taidettiin olla vähän humalassa.

Japalavski ei rauhoittunut.

– Se mies, se Tomuseula, se tapettiin. Ettekö te peevelit tajua sitä? Jos se on murha, niin joku lukee tiilenpäitä vähän monta vuotta. Jos olisitte heti ilmoittaneet poliisille, niin tappaja olisi jo häkissä ja minä liottamassa varpaita järvessä.

– Meinaatko mökille lähteä, kysyi Viiriäinen.

– Semmoinen oli aikomus, heti kun vaan pääsen. Kun te peevelit olisitte heti ilmoittaneet poliisille, kun ruumiin löysitte.

– Tuli se kyllä mieleen, Artturi sanoi. – Ja oltaisiin me kai ilmoitettukin, mutta sehän meni niin, että piti ensin pari kaljaa juoda.

– Ja sitten aloitte juopotella, lisäsi Viiriäinen.

– Niin kun sitä viinaa siellä kerran oli. En ole koskaan nähnyt kerralla niin paljoa viinaa. Paitsi tietysti viinakaupassa, mutta eihän niitä viinakaupassa pääse juomaan.

– Olivatko ne Tomuseulan viinoja, ne mitä joitte?

– Niin taisivat olla.

– Ja ne rahat, sinulla näytti olevan melkoinen tukko rahaa. Joka taskussa oli seteleitä. Mistä ne ovat peräisin?

Artturi myönsi että oli rahat saanut trokarin viinoja myymällä. Hän hetken elätteli toivoa, että siten pääsisi nopeammin pois ja etsimään entistä isompaa rahakääröä.

– Ajattelin, että eihän se Oskari itse enää niitä viinoja tarvitse.

– Varkaus se silti on, sanoi Japalavski.

Artturi kalpeni.

Lauralta etsivä Japalavski halusi tietää nimenomaan sen, miten Lauran paita oli joutunut järvenrannalle kivenkoloon. Sitä Laura ei nimenomaan osannut selittää. Melkein kaiken muun hän osasi ja hän selitti vuolaasti miten oli iltakausia kutonut sukkaa ja vienyt sen sitten työnantajansa jalkaan sovitettavaksi, mutta ei ollut työnantajaansa tavannut. Siinä kohti hän hieman sekosi selonteossa:

– Itse asiassa minä kyllä näin Oskari Tomuseulan vuoteessa makaamassa, mutta... En ole varma. Luulin että oli sairas. Itse asiassa siinä minulla oli vähän sekava vaihe. Itse asiassa jo silloin kun juotiin keittiössä kaljaa, kaikki meni vähän sekavaksi. Ja sitten kun Artturi löysi keittiöstä viinapullon, niin ...

– Te siis aloitte juopotella, sanoi Japalavski.

– Mutta missään tapauksessa en mitään väärää ole tehnyt, Laura painotti. – Minun pitäisi päästä kotiin. Minulla on ompelutyöt pahasti kesken. Pitää sukkia kutoa ja lapasia. Minä olen...

Laura näki suuren kaapin lasi-ikkunasta kurjaksi muuttuneen olemuksensa, keskeytti. Peilikuva ei näyttänyt häneltä, mutta kyllä se hän oli kun tarkasti katsoi.

– Tekö olette ompelija? kysyi Viiriäinen.

– No, minä olen. Minä olen kutonut sukkia. Tai olen kutonut ainakin yhden sukan. Minä olen työläisnainen. Minä en ole mikään rikollinen. Se Artturi voi olla rosvo, mutta minä en.

– Mitä se Artturi on tehnyt?

– Artturi, sehän se myi niitä Osk... Tomuseulan viinoja. Tomuseula oli minun työnantaja.

– Mutta entä se sinun paita, sanoi Japalavski. – Miten se joutui rannalle kivenkoloon ja miksi siinä on verta?

Kun Laura selosti oman teoriansa mustasukkaisesta miehestä joka yritti hänet lavastaa syylliseksi, etsivä Japalavski vaikutti poissaolevalta, nousi ja asteli ikkunaan.

Lauralle jäi aikaa katsoa kaapin lasiovesta itseään. Olivatpa juopottelun merkit selvästi kasvoilla näkyvissä, uurteet ja rypyt syvempiä kuin koskaan. Ne kuin loistivat hikisiltä kasvoilta. Hiukset olivat hajallaan. Yllä oli edelleen Oskarin paita, joka oli ehkä kymmenen numeroa liian iso hänelle.

– On se kumman vaikea päästä tupakasta eroon, sanoi Japalavski, tuijotti ikkunasta ulos.

– Miksi siitä eroon pitäisi päästä, kysyi Viiriäinen.

– Se työterveyshoitaja on sitä mieltä, että pitäisi lopettaa. Mutta en minä ole päässyt siinä lopettamisessa vielä alkuunkaan. Kotona tosin poltan piippua, mutta töihin pitää ostaa norttia aski.

– Se on pirullisen vaikeata, sanoi ovella seissyt virkapukuinen poliisi. – Minä sitä tein tupakkalakkoa kokonaisen vuoden. Lopetin ja aloitin ja lopetin ja aloitin taas. Mutta sitten vähitellen ne tupakkalakot kävivät aina pidemmiksi ja pidemmiksi.

Laura sanoi:

– Voisinko minä vessaan päästä?

– Voit, sanoi Japalavski. – Sinä voit mennään vessaan ja vaikka kotiisi. Kai tämä sinun osalta on tässä.

Laura lähti asemalta häpeissään, oli tyytyväinen kun ei yhteenkään tuttuun törmännyt. Linja-auton lähtöön oli reilusti aikaa. Hänellä oli vielä vähän rahaa, samat rahat jotka olivat olleet kukkarossa jo silloin joskus kun kotoa lähti työnantajalleen sukkaa esittämään.

Kotiin ei tehnyt mieli, vuokaemännän silmien alle. Mutta ei hänellä enää muutakaan paikkaan ollut. Kotiin olisi pakko mennä. Kun vaan jotenkin saisi olon paremmaksi, niin että voisi pää pystyssä kulkea pysäkiltä kotiin, olla piittaamatta vuokraemännästä.

15.

Seuraavaksi Matias mietti sellissä sitä, että minkälainen mies oli Oskari Tomuseula, minkälainen mies oli eläessään ollut, kun vielä kuolleenakin tuotti hänelle harmia. Hän muisti kun oli ensimmäisen kerran mennyt Tomuseulaa tapaamaan. Joku syy hänellä oli ollut, muu kuin viinanosto. Samassa hän muisti. Hänen soutuvene oli päässyt ajelehtimaan järvelle ja se löytyi Tomuseulan rannasta. Silloin oli kevät ja vesi korkealla. Päästäkseen kastumatta veneensä luo, hän päätti oikaista Tomuseulan pihan poikki. Tomuseula oli nähnyt hänet, tullut pihalle vastaan. Yhdessä oli menty rantaan, tutkittu venettä ja mietitty oliko joku sen tahallaan päästänyt ajelehtimaan.

Tomuseula oli pyytänyt hänet kahville ja jo ennen kuin oli kaatanut kahvia kuppeihin, oli jotenkin huolettoman oloisesti kysäissyt, että kelpaisiko terästys. Hän oli vastannut myöntävästi ennen kuin ehätti ajattelemaan.

Kahvin kera viski oli maistunut ja oli juotu pian vähän lisää. Kun Tomuseula oli vienyt pullon kaappiin, hänelle oli tullut hätä. Viina teki mieli lisää, eikä hän olisi ehtinyt enää viinakauppaan.

Tomuseulan maine oli hänelle tuttu, vaikka miehen tapasi silloin ensimmäistä kertaa.

Hän oli lopulta kysynyt, että olisiko mahdollista saada lisää viinaa korvausta vastaa.

"Ilman muuta", oli Tomuseula sanonut.

Kun oli aikonut lähteä kotiin rahaa hakemaan, oli Tomuseula ehdottanut:

"Tuo rahat sitten kun täälläpäin taas liikut."

Hän oli saanut pullon ja soutanut omaan rantaan ja astellut kotiin. Pullosta hän matkalla oli juonut vain vähän, piilottanut pullon metsään, mutta vaimon lähdettyä asioilleen hän oli pullon tyhjentänyt hyvin nopeasti. Pienen ajan päästä hän oli hakenut Tomuseulalta uuden pullon, silloin oli maksanut käteisellä. Mutta seuraavana päivänä hän oli ostanut pullon velaksi, ja vielä toisenkin ja kolmannen sitä seuraavana päivänä.

Hän ajatteli sellissä, että oliko Tomuseula oitis tiennyt että hän oli holisti, siksi pyytänyt kahville ja tarjonnut viskiä, että hän humaltuneena innostuisi ostamaan lisää viinaa. Mieleen tuli sellainenkin ajatus, että oliko Tomuseula itse käynyt päästämässä hänen veneen irti ja vetänyt sen omaan rantaan, ihan vain siksi että saisi hänestä asiakkaan.

Hän oli tehnyt velkaa lisää ja lisää ja ellei vaimo olisi jäänyt häntä kotiin vahtimaan, hän olisi tehnyt velkaa vielä paljon enemmän.

Hieman oudolta oli silloin tuntunut se, että kun oli viimein maksanut Tomuseulalle velkansa, ei mies ollut vaikuttanut lainkaan tyytyväiseltä. Tomuseula oli työntänyt rahat lompakkoon otsa tuimissa rypyissä. Tomuseulan tarjotessa pientä terästystä ja hänen kieltäytyessä, olivat rypyt miehen otsalla syvenneet.

Mutta nyt hän uskoi näkevänsä viinanmyyjän, Oskari Tomuseulan sellaisena kuin mitä tämä oli. Eikö Laura ollut verrannut Tomuseulaa hämähäkkiin ja nyt Matiaskin näki miehen hämähäkkinä. Tomuseula oli kutonut verkkoja ja vain odottanut että hän takertuu verkkoon kiinni. Tomuseula kai oli toivonut, että hän joisi velaksi niin paljon, ettei saisi velkojaan maksettua. Hän jäisi verkkoon kiinni, kuten olivat jääneet muutkin juomarit joita oli kuunnellut viime päivinä, Niilo Aivantupa, Jaakko Mäentakainen, Jaska Purola. Ehkä myös Laura rimpuili trokarin verkossa ja Eero. Ehkä se koko juomarilauma oli ollutkin vain parvi kärpäsiä trokarin verkossa.

Lampaita hämähäkin verkossa, hän ajatteli, ja se toi valjun hymyn kasvoille.

Kun hän ajatteli Tomuseulan asuntoa, hän vasta tajusi miten karussa paikassa oli juopotellut. Ei ollut televisiota, ei mitään musiikintoistolaitteita. Kirjahyllyssä olevista kirjoista jäi vaikutelma, kuin olisivat olleet hyllyssä vain koristeena. Missään ei ollut näkynyt aikakauslehtiä, ei edes sanomalehtiä. Vene Tomuseulalla oli ja paljon hienompi vene mitä hänellä. Ehkä mies vapaa-aikoina kalasteli järvessä, muun ajan pyydysti juoppoja.

Maksettuaan velkansa hän oli päässyt verkosta irti. Siitä hän oli ylpeä. Monella muulla asiat taisivat olla paljon huonommalla tolalla. Ei hän ehkä ollut ihan niin lammas kuin nuo monet muut.

Siitä oli kuitenkin muodostunut vuosikausia kestänyt liikesuhde. Kun nyt muisteli elämäänsä taaksepäin, hän tajusi, että oli tasaisin väliajoin käynyt hakemassa trokarilta pullon viinaa. Joka kerta pulloa hakiessa hän oli uskonut, että juuri se pullo olisi se viimeinen. Mutta velaksi hän ei enää viinaa ollut ostanut. Siinä hän oli ollut ehdoton. Vai oliko vaimo ollut siinä asiassa ehdoton? Ei hän sitä varmasti tiennyt.

Hän jäi koppiin miettimään sitä, että voisiko trokarin tappaja olla juuri kuin hän.

Muutaman metrin päässä toisessa sellissä Artturi mietti:

Mihinkä minä piilottaisin rahat jos olisin Oskari Tomuseula, elävä Oskari Tomuseula, viinamyyjä jolla oli rahaa ylen määrin. Sillä tavoin asiaa pitäisi lähestyä. Hän oli etsinyt kätköä sieltä täältä, mutta aivan ilman ajatusta. Hän oli hätiköinyt, kun piti samaan aikaa myydä viinaa ja vahtia ettei kukaan toinen löydä Oskarin viinoja ja juo niitä ilmaiseksi ja ettei kukaan löydä Oskarin ruumista ja ilmoita siitä poliisille.

Hän oli aluksi kuvitellut, että aikaa olisi ollut enemmän. Hän oli aikonut ensin kaikessa rauhassa myydä kaikki löytämänsä viinapullot ja vasta kun väki olisi lähtenyt muualle ryyppäämään, olisi katsonut mitä muuta arvokasta löytää. Poliisi oli tullut paikalle liian aikaisin. Ehkä joku ohikulkija oli heistä valittanut.

Hän aloitti miettimisen uudelleen. Jos olisin Oskari ja asuisin Oskarin asunnossa, niin minne kätkisin varani. Oskarin lompakosta hän ei paljoa rahaa ollut löytänyt. Eikä hän ollut löytänyt pankkikorttia. Kun sitten oli löytänyt seinän sisään piilotetun komeron täynnä viinaa, hän oli ollut varma että Oskari piti rahojaan piilossa jossain samantapaisessa kätkössä. Samasta kätköstä takuulla löytyisi Jaakko Mäentakaisen pankkikortti ja velkakirjat, Niilo Aivantuvan autonavaimet, ja kaikkea mitä juomarit olivat jättäneet pantiksi kun hakivat viinaa velaksi.

Kyllä kätkön pitäisi sijaita asuinrakennuksessa, hän ajatteli. Jos rahaa piilottaisi saunaan tai liiteriin tai venevajaan, niin rotathan voisivat ne tuhota. Ellei sitten rahoja laittaisi metalliseen lippaaseen tai lasipurkkiin. Mutta silloinkin joku lähistöllä lymyilevä viinanostaja voisi nähdä kun piilottaa rahoja. Ja yhtä kaikki, ulkoilmassa rahat voisivat kostua ja homehtua. Ei, kyllä rahat pitäisi pitää asuintalossa. Hän oli kunnolla tutkinut vain komeron mikä sisälsi viinaa, muut etsinnät olivat suuntautuneet sinne tänne.

Asiaan pitäisi perehtyä huolella. Olihan Oskari piilottanut niin hyvin viinatkin, ettei hän niitä löytänyt kuin sattumalta. Ja se oli sentään kokonainen komero. Rahapiilo olisi paljon pienempi. Se voisi sijaita minkä tahansa lattia- tai seinälaudan takana.

Kyllä talo pitäisi käydä läpi sentti sentiltä, irrottaa joka ikinen lauta ja tutkia savuhormi. Kun vain pääsisi vapaaksi, hän voisi siihen työhän alkaa.

Matias mietti vielä, että uskoivatko etsivät Japalavski ja Viiriäinen hänen surmanneen Tomuseulan. Se tyrmistytti. Se loukkasi. Hän oli koko ikänsä noudattanut lakia miltei kirjaimellisesti, ei ollut koskaan edes veroilmoitusta täyttäessä pahasti valehdellut. Silti hänet oli pidätetty. Kai se tarkoitti sitä, että poliisit epäilivät häntä.

Mutta oli hän ansainnut kaiken pahan mikä asian tiimoilta oli hänelle kertynyt. Hänen olisi pitänyt ilmoittaa poliisille oitis kun ruumiin löysi. Siitä kaikki oli ollut kiinni. Hän oli jättänyt tekemättä työn mikä hänen olisi pitänyt mukisematta tehdä. Se häntä oli vaivannut jopa niin paljon, että poliisien tullessa paikalle hän oli tuntenut itsensä syylliseksi ja siksi poliisit kai olivat häntä epäilleet. Jos hän vain olisi toiminut, kuten hänen järki nyt kertoi, eivät poliisit häntä olisi pidättäneet.

Matiaksen tullessa uudelleen kuultavaksi, oli Viiriäinen pöydän toisella puolella, Japalavski vaelteli huoneessa sinne tänne.

Matias joutui vielä kerran kertomaan ajasta trokarin asunnolla. Kukaan ei häntä keskeyttänyt. Hänen lopetettua Viiriäinen sanoi:

– Kyllä teidän olisi pitänyt heti ilmoittaa meille kun ruumiin löysitte. Tai ainakin siinä vaiheessa kun näitte että mies oli tapettu.

– Kai minä pelkäsin jotain.

– Pidätetyksi tulemista vai, naurahti Viiriäinen. – Se on hyvin harvinaista, että ketään syyttä suotta pidätetään. Ei sitä tapahdu kuin ehkä kerran miljoonasta enää nykyisin. Sellaista voi tapahtua silloin, jos pidätetyllä on ennestään pitkä rikosrekisteri ja rikokset ovat samaa sorttia kuin käsiteltävänä oleva. Mutta eihän me toki nuhteetonta ihmistä ihan vähällä pidätetä.

– Pääsenkö minä jo kotiin? kysyi Matias.

– Jumalauta ukko, kivahti Japalavski. – Sinua on saanut lypsää kuin aliravittua vuohta. Kun olisit sen suusi avannut silloin kun piti, olisi syyllinen jo saatu kiinni. Nyt se voi olla ties missä asti. Melkein viikon vanhoja jälkiä pitää hamuta. Ei ole mitään, ei ole sormenjälkiä, ei ole jalanjälkiä, ei ole mitään. Surma-asekin liotettu missä lie tinnerissä. Kyllä nyt jumalauta saa riittää. Painu sinne kotiisi miettimään. Ei me kehdata moista ukonreuhkaa pidätettynä pitää tämän kauempaa. Kyllä me sinut löydetään jos tarvitaan.

Hän sai käydä vessassa. Peilikuvaa oli pakko vilkaista, vaikka ei mieli tehnyt. Hän näytti surkealta. Kampa auttoi vain vähän. Paidanrintamus oli tahrainen. Oliko ruuantähteitä? Kuivunutta oksennusta? Paidanhihassa oli jotain tummaa. Oliko siihen tarttunut Tomuseulan verta? Hän pesi kasvot ja kädet, muuhun ei sillä erää kyennyt.

– Pyykille sitten vain, toivotti Viiriäinen kun hän lähti.

Artturia kuulusteltiin heti Matiaksen jälkeen. Hän kertoi, että ei tiedä mitään Tomuseulan taposta.

– Luulin että joku vieras pistänyt miehen hengiltä ja
lähtenyt. Kuka hullu sitä jäisi tappamansa miehen viereen
poliiseja odottamaan?

Ja vaikka Artturi myönsi syyllisyytensä varkauteen ja
viinan myyntiin, hän palasi selliin miettimään. Hän vähän
kiukustui, tokaisi:

– Oliko se Tomuseula vai niin tärkeä mies, että minun
pitää täällä loputtomiin lojua.

Lähtiessään poliisiasemalta Matias näki pihalla Eeron. Hän
asteli luo, kysyi:

– Lauraako tulit etsimään?

– En minä ihan pelkästään siksikään tullut, vastasi
Eero. – Vaan kun tulivat poliisit hakemaan sitä puukkoa,
minkä Artturilta ostin. Toivat sitten minutkin tänne. Autol-
la hakivat kahden konstaapelin voimin, mutta takaisin saa
mennä miten parhaaksi näkee. Olin sen puukonkin vaan
ehtinyt jo pestä.

Eero vaikutti haluttomalta rupattelemaan sen enem-
pää, tai lähtemään samalla kyydillä kotiin. Hän arveli, että
ehkä Eerolle oli käymässä nyt niin kuin hänelle oli käynyt
nuorena. Nuorena kun hän oli Helenaan paremmin tutus-
tunut, ei hänkään ollut välittänyt entisistä tuttavista. Var-
sinkin kaverit joiden kanssa oli juonut ja hauskaa pitänyt,
hän oli yrittänyt tyystin unohtaa. Kadulla vastaan tullessa
hän oli vain nyökännyt entisille tuttavilleen, kiirehtinyt
omille teille.

Samoin teki nyt Eero hänelle, ei katsonut häneen, mu-
tisi vain sanomansa, heilautti kättä ja lähti.

Hän hakeutui linja-autoasemalle.

16.

Laura kulki kotiin mutkan kautta. Ensitöikseen hän asteli piiloon puistoon. Siellä oli muutamia ukkoja kaljaa juomassa. Hän sai heiltä pullon keskikaljaa ja kohta toisenkin. Olo parani sen verran, että hän hakijan välityksellä sai viinakaupasta pullon viiniä. Viinipullo käsilaukussa hän jo uskalsi linja-autoasemalle ja nousi kotiinpäin menevään bussiin. Ennen kuin bussi ehti lähteä, hän näki ikkunasta Eeron kulkevan kadulla. Eero ei huomannut vaikka hän miten viittilöi ikkunassa.

Lauran päivä kirkastui. Oliko Eero tullut häntä hakemaan poliisiasemalta? Niin sen täytyi olla. Eerohan oli päässyt vapaaksi jo paljon aikaisemmin. Eero oli kai käynyt kysymässä häntä poliisiasemalla ja kuultuaan että hänet oli vapautettu, kulki nyt pitkin katuja häntä etsimässä.

Hänen teki mieli lähteä Eeron perään, mutta muisti miten tuhruisen näköiseksi oli muuttunut Tomuseulan asunnolla juopotellessa. Ehkä viisaampaa olisi käydä ensin kotona siistiytymässä.

Vielä kerran hän kaivoi käsilaukusta Oskari Tomuseulalle kutomansa sukan. Se oli jo nuhjuinen ja likainen. Ennen kotiin menoa hän heittäisi sen roskiin. Oskari Tomuseula, se hämähäkki ja verenimijä, ei niin hyvää sukkaa ansaitsisi, ei vaikka olisi vielä elossa. Eerolle hän kutoisi kaksin verroin paremmat sukat.

Matias ennätti kotiin vasta illansuussa. Vaimo ei ollut kotona. Matias arveli, että ehkä vaimo oli työväenopistossa tanhupiirissä, ehkä kielikurssilla. Ei hän tiennyt, eikä sillä hetkellä yhtään välittänytkään. Pääasia oli että hän sai aikaa levätä ja siistiytyä ennen vaimon kohtaamista.

Hän piiloutui saunaan. Kiukaan alle hän sai tulen, mutta sitten oli asetuttava alalauteelle makuulle. Huimasi, oksennutti. Levätessä hän teki suunnitelman: Hän makaisi lauteilla kunnes vaimo tulisi kotiin, ryhtyisi sitten pesulle. Kun vaimo menisi nukkumaan, hän hiipisi sohvalle lepäämään. Vasta vaimon lähdettyä aamulla töihin hän pääsisi vuoteeseen.

Lauteilla maatessa hän mietti sitä, kuinka pian paranisi krapulasta. Hän arveli että siihen kuluisi kolme, ehkä neljä vuorokautta, 72-96 tuntia, 4320-5760 minuuttia, 259200-345600 sekuntia.

Siinä lauteilla maatessa silmien eteen tuli kuvia täysistä kaljatuopeista ja kaikista niistä viinalaaduista joita oli elämänsä aikana juonut.

Myöhemmin illalla hän kuuli kun vaimo ajoi autolla pihaan. Hän nousi, lisäsi puita kiukaan alle, riisui saunoakseen. Lauteilla istuessa hän koetti arvailla mitä vaimo puuhaa parhaillaan. Ulko-oven kolahduksen hän oli kuulevinaan, loput hän joutui arvaamaan. Vaimon askeleet eivät kuuluneet kellarissa sijaitsevaan saunaan. Osin hän tiesi vaimon rutiinin. Keittiön pöydälle vaimo levittäisi mitä lie papereita, riippuen siitä missä oli ollut. Jos ei papereita olisi, olisi ainakin muistivihko mitä selata. Siinä ohessa vaimo söisi jotain ja joisi maitoa.

Siihen vaimo käyttäisi noin puoli tuntia, 30 minuuttia, 1800 sekuntia. Saman verran vaimo käyttäisi aikaa tietokoneen ääressä. Ja vielä saisi aikaa kulumaan 1800 sekuntia kylpyhuoneessa. Onneksi oli tullut rakennettua toinen kylpyhuone, niin että alas saunaan vaimo ei ehkä tulisi ollenkaan.

Mutta jossain vaiheessa vaimo huomaisi että hän on kotona. Ehkä vaimo haistaisi ylös saunan tuoksun, tai näkisi hänen kengät ulko-ovella. Tulisiko vaimo alas saunaan häntä katsomaan, vai menisikö nukkumaan hänestä piittaamatta. Siitä hän ei ollut varma. Avioliiton alkuaikoina vaimo oli aina ensi töikseen tarkistanut, että oliko hän kotona, oli tarkastanut silloinkin, kun hän oli kuukausia ollut joka päivä raittiina ja säntillisesti paikalla. Vuosikymmenten aikana vaimon ruutiini oli pikkuhiljaa muuttunut. Jossain vaiheessa avioliittoa vaimo oli ensin syönyt keittiössä, tutkinut sen jälkeen talosta ja tontilta paikat missä hän voisi olla, käynyt vasta sitten pesulla. Kun vaimo oli hankkinut tietokoneen, oli vaimo tutkinut sähköpostin ennen kuin hänen olinpaikan. Enää vaimo ei paljoa piitannut. Edelliseltä ryyppyreissulta palattuaan hän oli piileskellyt saunassa koko viikonlopun, ja vasta kun oli pudottanut metallisen ämpärin lauteilta lattialle, oli vaimo metelin hälyttämänä ilmestynyt saunaan, sanonut:

"Ai sinäkö? Minä pelästyin että murtovarkaita."

Hän ei tiennyt oliko vaimon piittaamattomuudesta hyvillään vai pahoillaan.

Lauran onnistui hiippailemaan asuntoonsa vuokraemännän huomaamatta. Hän riisui likaiset vaatteet, kiirehti suihkuun. Olo parani vain hieman. Viiniä oli vielä jäljellä ja hän istui kylpytakkiin pukeutuneena maistelemaan. Hän näki sijaltaan Tomuseulan asunnolle, vaihtoi paikkaa pöydän toiselle puolelle mistä näki vain peltoa ja metsää, mutta kohta hän palasi entiselle paikalle. Tomuseulan asunto vaikutti autiolta.

Viinilasillisen juotuaan Laura päätti uskaltautua vuokraemännän juttusille. Hän löysi emännän keittiöstä, sanoi:

– Minulla on sellaisia uutisia, että Oskari Tomuseula, se jonka luona olin töissä, on kuollut.

– Vai on kuollut, hämmästeli vuokraemäntä, vaikka oli puhelimitse juorun Tomuseulan kuolemasta kuullut jo kolmasti.

– Oli kuollut jo kun minä sinne viimeksi menin. Päätin sitten jäädä sinne siivoamaan. Ikään kuin viimeisenä palveluksena työnantajalle. Olinhan minä sentään siellä aika kauan töissä. Ja mikä sotku siellä olikaan. Oli lauma ukkoja ollut juopottelemassa. Kun sitten sinne poliisitkin tulivat, päätin hoitaa työnantajani asioita sen minkä vaan pystyn. Olinhan sentään töissä siellä.

– Mitä siellä nyt siivota kannatti?

– Ajattelin, etteivät Tomuseulan omaiset näe semmoista siivoa.

– Onko sillä omaisiakin?

– On toki, sanoi Laura vaikka ei varmasti tiennyt.

– Mitä poliisit siellä tekivät?

– Tomuseula oli tapettu.

– Mutta mitä sinä jouduit poliisille selvittämään?

– Ajattelin, että jos sen omaisia ei löydy, niin ...En minä tiedä mitä ajattelin. Ajattelin vaan auttaa, viimeisenä palveluksena työnantajalle.

Päästyään omaan huoneeseen, hän joi lisää viiniä, katseli Tomuseulan asuntoa. Vasta aamulla hän oli herännyt sieltä Eeron vierestä. Siitä oli kauan aikaa kun hän edellisen kerran oli herännyt miehen vierestä, niin kauan aikaa ettei hän halunnut vuosia laskea. Nuorena hän tosin oli usein herännyt jonkun vierestä, mutta ei heitä voinut oikein verrata Eeroon. He olivat olleet jotain vaan tuttuja. Vähän varttuneempana hän oli aina tutustunut vääriin ihmisiin, joko miehet olivat jo naimisissa tai olivat täysiä renttuja jotka eivät vakavaa suhdetta edes harkinneet.

Eero oli tuntunut viihtyvän hänen seurassa, ei ollut vaatinut tai pyytänyt mitään, oli vain istunut vierellä. Olipa Eero jäänyt häntä odottamaan maantielle, vaikka olisi poliisien puolesta päässyt jo kotiin. Ja poliisiasemalle Eero oli kulkenut hänen perään. Etsikö Eero edelleen häntä? Voisiko Eero olla jo kylän kaljabaarissa häntä odottamassa?

Hän pakkasi vajaan viinipullon käsilaukkuun, pukeutui niihin vähän parempiin vaatteisiin, etsi uudelleen käsiinsä vuokraemännän ja selitti:

– Käyn vielä varmistamassa, että siellä Tomuseulan asunnolla kaikki on kunnossa. Jos vaikka Tomuseulan sukulaiset tulevat jo aamulla sinne.

17.

Matias hiipi yöllä sohvalle makaamaan. Uni ei tullut. Niin hänelle juopotellessa kävi aina. Oli hän joskus valvonut kolmekin vuorokautta ryyppyrupeaman jälkeen.

Maatessaan yksin unen ja valveen rajamailla hän ajatteli, että voisiko Artturi olla Tomuseulan tappaja. Artturi oli myynyt löytämänsä viinat ja osan Tomuseulan tavaroistakin. Eikö juuri Artturi ollut vihjannut hänelle, että Tomuseulan olisi tappanut joku idästä tullut murhamies. Miksi Artturi muuten moista esittäisi, kuin siksi että kääntäisi epäilykset pois itsestään. Poliisin etsiviä moinen väite oli vain huvittanut. Mitä kaikkea muuta epäilyttävää Artturi oli tehnyt?

Kun sai vähän välimatkaa itsensä ja tapahtumien välillä, hän pystyi lähestymään asiaa uudella tavalla.

Myös Artturi pääsi poliisiasemalta pois. Hänen onnistui omimaan pieni osa niistä rahoista, joita sai kun myi Tomuseulan viinoja. Hän väitti että rahat olivat hänellä jo ennen kuin viinanmyynnin aloitti.

Poliisit eivät piitanneet. Hänet aivan kuin potkittiin ulos asemalta. Hänet ulos ajanut vanha konstaapeli sanoi, että häneen otetaan yhteyttä kyllä myöhemmin.

Ulkona Artturi kohtasi erään toisen poliisiasemalta pois potkitun miehen, ja sai kuulla, että lähistöllä oli tapahtunut isompi rikos, pankkiryöstö. Kaikki poliisit olivat jahtaamassa pankkiryöstäjiä.

Laura päätyi lopulta keskikaljabaarin kautta Eeron pieneen yksiöön. Myöhään illalla he istuivat sohvalla vieritysten, katsoivat ikkunasta taivasta ja puidenlatvoja. Paljoa puhumista heillä ei ollut, oli aivan hyvä olla ilmankin. Vain silloin tällöin hiljaisuuden katkaisi lyhyt keskustelu:

– Minusta tuohon ikkunaan pitäisi laittaa kukalliset verhot, sanoi Laura.

– Laitetaan kukalliset verhot, sanoi Eero.

Ja monen minuutin hiljaisuuden päästä Laura jatkoi:

– Minä näin jossain kaupassa semmoista vihreää verhokangasta, missä oli keltaisia kukkia.

– Se käy siihen hyvin, myönsi Eero.

Lauralla oli sellainen tunne, että aivan pian Eero avautuisi hänelle, tunnustaisi jotain tärkeää. Se voisi tietää pikaisia häitä. Mieltä askarrutti vain se, että osaisiko hän itse ommella itselleen häämekon, vai pitäisikö vähistä varoista uhrata valmiiseen mekkoon. Mutta ehkä hän voisi Eeron kanssa käydä Virossa ostoksilla.

Sekin päivä kääntyi lopulta kohti seuraavaa.

18.

Aamulla Matiaksen tarkoitus oli piiloutua saunaan ennen kuin vaimo herää, mutta juuri aamulla hän mietti mysteeriota niin sikeästi, että havahtui vasta kun vaimo oli sohvan vierellä.

– Miten kummassa sinä poliisien käsiin jäit? vaimo kysyi.

Hän arvasi, että vaimo oli kylän juorut kuullut.

– No siksi kun löysin sen Oskari Tomuseulan ruumiin. Olisi kai heti pitänyt ilmoittaa siitä poliisille.

– Ja sinä et viitsinyt ilmoittaa.

Ei vaimo ymmärtänyt asiaa, hän havaitsi heti. Ei se asia ollut niin yksinkertainen. Ei se ehkä ollut viitsimisestä kiinni. Hänhän oli vain jäänyt odottamaan, että ...?

– Jokohan ne sen tappajan ovat saaneet kiinni? hän kysyi.

– Ei ole vielä, vastasi vaimo. – Ei ainakaan kylällä tiedetä siitä mitään.

– Kyllä se pitäisi kiinni saada, sanoi Matias. – Murhamies kulkee jossain vapaalla jalalla.

– Ei kai se sinulle mitään tee, sanoi vaimo.

Taas vaimo oli käsittänyt hänet aivan väärin. Luuliko vaimo että hän pelkäsi tappajaa?

Hän koetti selittää:

– Minä vaan sillä, että pitäisi se telkien taakse saada. Eihän sitä nyt ihmisiä noin vaan saa tappaakaan.

– Älä sinä enää siitä huolehdi, sanoi vaimo. – Minusta kun näyttää ihan siltä, että kaikki pärjäävät paljon paremmin nyt kun se viinanmyyjä on kuollut.

Vaimo kertoi vielä, että parikin eri silmäparia oli hänet sinä aamuna nähnyt, jolloin hän viinanmyyjän asunnolle kulki. Monet olivat nähneet sen, kun hänet oli talutettu poliisiautoon yhdessä Artturin ja Lauran kanssa.

Hän halusi sivuuttaa itseään koskevat juorut, sanoi:

– Minä vaan en käsitä sitä, kuka sen viinanmyyjän oikein tappoi.

– Älä sinä sellaisia mieti. Hyvä vaan kun ei enää ole viinaa myymässä.

– Mutta se siinä minua huolestuttaa, että oliko tappaja yksi meistä?

– Keistä teistä?

– Meistä jotka siellä silloin oltiin.

– Kyllä poliisi sen selvittää. Ainakin se viinanmyyjä on nyt poissa, lopullisesti.

Tuon piirteen vaimossa Matias huomasi vasta nyt. Vaimon puolesta Oskari Tomuseula siis joutikin kuolla, oli vain hyvä kun joku tappoi viinanmyyjän. Tuo sairaalan uuras hoitaja inhosi viinanmyyjiä paljon enemmän kuin mitä hän oli käsittänyt. Matias ei halunnut tietää mitä mieltä vaimo oli ihmisistä, jotka trokarilta ostivat viinaa.

Vaimo oli jo samassa menossa, huikkasi ovelta hänelle:

– Soitin Raijalle ja Tanelillekin. Eivät nyt ehtineet kumpainenkaan edes käymään. Mutta olisivat kyllä tulleet, jos olisit pidempään poliisien huostassa joutunut olemaan.

Matias muisti vasta, että olihan hänellä lapsiakin, joskin jo aikuisia lapsia. Hän kai oli tulossa vanhaksi, kun oli sekin päässyt unohtumaan. Eikä hän Tomuseulan asunnolla ollut aina muistanut edes vaimoaan, vaikka myönsi nyt että ilman vaimon tukea ja turvaa hän olisi jo vuosikymmeniä aikaisemmin tuupertunut kuoliaaksi katuojaan.

Ei tehnyt mieli vuoteeseen, vaikka väsytti. Hän uskaltautui pihalle kävelemään. Olosuhteisiin nähden hän tunsi voivansa hyvin. Hän oli saunonut ja kylpenyt, vaihtanut puhtaita vaatteita ylle. Likaiset vaatteet hän oli työntänyt pesukoneeseen.

Hän käveli niitylle, paikkaan missä kasvoi lupiineja. Hän muisti, että oli suunnitellut kaivavansa lupiinit ylös ja piilottavansa reikiin viinapulloja. Nyt se ajatus tuntui hölmöltä.

Niityltä puiden lomista hän näki viinanmyyjän asunnon ja sitä katsoessa sama kysymys tunki taas mieleen. Kuka oli surmannut Oskari Tomuseulan? Poliisi ei ollut uskonut että surman olisi tehnyt itämafia tappaja. Hän ei halunnut uskoa, että tappaja oli yksi Tomuseulan asunnolla olevista juopoista. Voisiko joku alkoholisti, hänen kaltainen lammas viinantuskissaan äityä niin pahaksi, että pystyisi tappamaan ihmisen?

Hetken hän mietti myös sitä, että voisiko tekijä olla joku kyläläinen, vaikka Tomuseulan naapuri. Keitä niillä kulmilla asui? Lähimpänä Tomuseulaa asui rakennusurakoitsija Karra, mutta välissä oli toista sataa metriä ryteikköistä joutomaata. Mutta Karra vaikutti niin kiireiseltä ja työhönsä uppoutuneelta mieheltä, että ei hän käsittänyt miksi Karra itsensä sotkisi trokarin asioihin. Toisaalta Karrassa ja Tomuseulassa oli jotain samaa. Karran tontilla oli paljon rakentamiseen liittyvää tarpeistoa. Joidenkin kyläläisten mielestä Karran tontti pilasi maisemaa. Joidenkin mielestä Tomuseulan viinamyynti pilasi kylän mainetta.

Aamu ei tuntunut yhtään iltaa viisaammalta.

Matias oli yöllä kulkenut unen ja valveen rajamailla aina uudelleen ja uudelleen trokarin asunnolle, elänyt uudelleen siellä viettämänsä ajan. Hän näki samaa unta myös aamulla, vaikka piti silmiä auki. Erityisesti häntä vaivasi ensimmäinen asunnolla viettämänsä yö. Hän oli herännyt keskellä yötä johonkin ääneen. Hän oli uskonut että siihen, kun surmaaja poistui asunnolta. Jos hän olisi heti kiirehtinyt ulos, hän olisi nähnyt tappajan. Ja tappaja olisi nähnyt hänet. Olisiko tappaja hoitanut hänet, kuten oli hoitanut Oskari Tomuseulan. Unen ja valveen rajamailla hän aina kulki ulos tappajan kannoilla ja kuoli viinanmyyjän ulko-ovelle.

Aina milloin hän tapahtumat kelasi läpi, hänelle tuli tunne, että trokarin asunnolla oli tapahtunut jotain mikä oli häneltä jäänyt huomaamatta. Jotain joka ratkaisisi koko tapauksen. Salapoliisitarinoissa niin tapahtui aika usein.

Välillä hän uskoi, että tappaja olisi lymyillyt ullakolla. Siellä ei kai kukaan käynyt, paitsi ehkä Artturi sitten kun innostui trokarin rahoja etsimään. Aivan hyvin tappaja olisi voinut päivän piileskellä ullakolla ja vasta yöllä kaikkien nukkuessa koettanut pakoon.

Mutta ääni mihin hän oli yöllä herännyt, eikö se ollut kuin ruosteisen saranan aiheuttama ääni. Viinanmyyjän asunnolla saranat eivät narisseet. Tomuseula tuntui olleen tarkka mies. Hänen tullessa paikalle asunto oli ollut siisti, tavarat kaikki omilla paikoillaan. Ainoa mikä silloin oli ottanut silmään, olivat tyhjät kaljatölkit keittiön pöydällä. Ehkä tappaja oli juonut keittiössä olutta sen jälkeen kun oli Tomuseulan hengiltä lyönyt. Muuten kaikki oli ollut siistiä, eteisen naulakossa vaatteet riippuivat järjestyksessä, naulakon alla kengän rivissä. Kammarissa matot olivat suorassa, hyllyssä kirjat ja muut tavarat siististi rivissä, pöydällä ei ollut mitään ylimääräistä. Keittiökin oli muuten siisti, paitsi ne kaljatölkin ja sikäli kun muisti, yksi keittiön tuoleista taisi olla vinottain pöytään nähden, aivan kuin joku olisi kiireesti poistunut pöydästä. Makuuhuoneen vuoteessa oli maannut trokarin ruumis. Lisäksi makuuhuoneen komerosta oli löytynyt suuri kassi täynnä viinaa. Mutta komeron muilla hyllyillä oli ollut vuodevaatteita siististi viikattuina. Ehkä trokari olisi viinakassin pian siirtänyt salakomeroon, jos olisi elänyt.

Hänen kulkiessa talossa ovet olivat auenneet narisematta, ainakin makuuhuoneen ovi sekä ulko-ovi kuin myös keittiön ovi ja kellarin ovi. Ullakolla hän ei ollut käynyt.

Vain tuo piiloon rakennetun viinakomeron ovi oli narissut. Ehkä trokari jätti salakomeron oven saranat rasvaamatta siksi, ettei pieni öljytahra vain paljastaisi oven olinpaikkaa kenellekään. Toisaalta kai trokari käyttikin ovea vain silloin, kun talossa ei muita ihmisiä ollut.

Matias mietti, että ehkä hän olikin ensimmäisenä yönä herännyt siihen ääneen, kun joku tuli tai meni viinakomeroon. Seuraavana päivänä Artturi oli löytänyt samaisen komeron kovin helposti, ja tehnyt löydöstään suuren numeron. Miten Artturi oli niin helposti löytänyt trokarin viinat, ensin makuuhuoneen komerosta ja kohta kammarista koko komerollisen. Ja ensimmäisenä yönä hän oli pannut merkille Artturin kuorsauksen. Se oli ollut niin tasaista, että oli muistuttanut tekokuorsausta. Mutta entä jos Artturi oli vain teeskennellyt nukkuvaa. Oliko Artturi hiippaillut yöllä talossa ja peitellyt jälkiään ja kun oli huomannut hänen heräävän, oli teeskennellyt nukkuvaa?

Samassa vaimo ajoi takaisin pihalle. Hän kiirehti vastaan. Vaimo siis oli kuin olikin vähän huolissaan hänestä.

Vaimo sanoi:

– Pitääkin tehdä eväät tänään. Tekevät ruokalassa jotain remonttia.

Hän kulki vaimon perässä keittiöön, sanoi:

– Minä taidan tietää kuka sen viinanmyyjän tappoi.

– Oletko sinä taas jo juonut, kysyi vaimo, katsoi häntä epäillen.

– En ole juonut, en sen jälkeen kun poliisit minut veivät.

– Anna sitten hyvä mies asian jo olla.

– Mutta se on rikos. Niin se etsivä Japalavski sanoi, että se on tappo tai jopa murha.

Vaimo ei tuntunut kiinnostuvan. Ehkä vaimo oli vielä vihainen, kun hän oli viipynyt viinanmyyjän asunnolla niinkin kauan. Tai ehkä vaimo oli äkäinen siitä, kun hän oli antanut kyläläisille aihetta juoruiluun. Tai siitä että oli joutunut poliisin huostaan.

Vaimo kysyi:

– Mitä se Laura Uomanne siellä oikein teki?

– Jotain sukkaa toi sovitettavaksi.

– Mutta miksi se niin pitkäksi aikaa jäi sinne?

– Lauralla ja Eerolla on kai jotain romanssia meneillään.

– Se nyt ei ole paras paikka romanssille, sanoi vaimo. – Mikä tahansa muu paikka olisi ollut parempi.

– Ne kai hakivat sieltä lopputiliä, tuumi Matias.

Vielä ennen kuin lähti, vaimo sanoi:

– Jos nyt luulet jotain tärkeää keksineesi, niin soita poliisille ensin, tai soita minulle töihin.

Hän jäi yksin keittiöön miettimään. Vaimon mielestä oli hyvä asia että joku oli viinanmyyjän hengiltä ottanut. Poliisiasemalla hän oli etsivien käytöksestä päässyt miltei samanlaiseen käsitykseen. Myös monet viinanmyyjän asunnolla olleet juomarit, varsinkin ne jotka olivat velkaa, takuulla salassa iloitsivat viinanmyyjän kuolemasta.

Hänen oli päästävä ulos kävelemään. Sisällä ollessa tuntui kuin tuo viinanmyyjän asunnolla vietetty aika leviäisi painajaisena pään ylle.

– Se Oskari, se kyllä oli reissumies loppuun asti, naurahti Artturi. – Vielä kuoltuaankin kulki vaikka minne. Ensin meni sängystä komeroon ja sieltä kellariin. Ja kellarista sitten meni liiteriin ja liiteristä vielä venevajaan. Ei se montaa hetkeä ehtinyt yhdessä paikassa levätä. Ja sitten kun tulivat poliisit, alkoi vielä reissata. Kai se sieltä venevajasta vietiin ensin poliisien patologin leikeltäväksi. Eikös niillä ole tapana leikellä henkirikoksien uhrit. Ja patologin luota matkaa ruumishuoneelle. Siellä se kai siistitään. Ja sitten vasta matkaa hautausmaalle.

– Ellei sitten sillä matkalla poikkea vielä kirkkoon, sanoi Matias.

– Niinpä saattaa tehdä. On siinä kuolleella paljon menemistä.

– Löysitkö sinä sen trokarin rahoja?

– En löytänyt, mutta poliisi löysi. Siellä makuuhuoneen komerossa se piilo oli ollut, lattialaudan alla. Niin lähellä mutta kuitenkin nyt on tavoittamattomissa. Turhaan minä sinne uudelleen menin. Olivat poliisit jo rahat löytäneet, niin kuin sen viinapiilonkin. Yksi poliisi siellä oli minua tai murhaajaa odottamassa. Ja niin helvetin äkäinen kun herätin sen. Eikä sekään tiennyt, että miten suurta summaa jäin paitsi.

– Teit sitten turhaa työtä.

– Niin tein. Mutta olisin minä sen kätkön löytänyt, jos olisi ollut aikaa rauhoittua ja miettiä. Kyllä se on nyt helppoa arvata, kun tietää. Minun isä piti saappaanvarressa rahoja, tosin vain silloin kun kaupungissa asioilla kulki, eli jotain ostamassa. Eli vähän isompia rahoja. Siihen saappaanvarteen oli sisäpuolelle oikein ommeltu pieni tasku.

Matias oli Artturin nähnyt pienessä metsikössä baarin takana, pysähtynyt kysymään kuulumisia. Kun Artturi oli tarjonnut viinipullosta hänelle ryyppyä, hän oli aikonut kieltäytyä, mutta ottanut sitten kuitenkin ryypyn. Oli kohta juonut lisää. Hetken päästä hän oli huomannut kertovansa Artturille siitä, ettei pystynyt nukkumaan yöllä kun muisteli trokarin asunnolla viettämää aikaa.

Artturille se viinan tuoma tauti oli tuttu ja hän tarjosi lääkkeeksi lisää viinaa.

– Ne sinut sitten kuitenkin päästivät vapaaksi, Matias sanoi.

– Päästivät tietenkin.

– Sekö ei sinua kummastuta?

– Ei. Minusta se Oskari muuten oli niin paskamainen ukko, että hyvä vaan kun kuoli. Siinä taisi joku tehdä palveluksen monellekin miehelle ja naiselle, koko kylälle ja lähitienoolle.

– Mutta sinä sentään jotain siitä hyödyit?

– Poliisi se vei melkein kaikki mitä minä ennätin haalimaan. Olisi pitänyt piilottaa ne rahat ja viinat jonnekin ihan muualle. Nyt sain vain moitteita. Haukkuivat siitä, että koetettiin salata se rikos. Ja siitä että myin vainajan omaisuutta. Mutta kun minä olen kuollut, niin jäämistöstäni saatte tapella ihan vapaasti. Ei tarvitse minua ajatella ollenkaan. Järjestäkää vaikka kylälle oikein kilpailu siitä, kuka saa jäämistöstäni eniten kahmittua itselleen.

– Paljonko uskot jäämistöä jäävän.

Artturi oli miettivinään, vastasi.

– Ei taida jäädä mitään, ei yhtään mitään. Mutta sen minä ymmärsin kun viimeksi poliiseja tapasin, etteivät ne nyt ennätä jotain trokarin tappajaa etsimään. Jotkut ovat ryöstäneet pankin ja niitä veikkoja poliisit nyt etsivät koirien ja kissojen kanssa. Kun olisivat pankin ryöstäneet pari päivää aikaisemmin, olisin minä ennättänyt etsimään sen Oskarin kätkön.

Matias ajatteli, että trokari oli tapettu ja se oli rikos. Kaiken lisäksi tappaja kuului hänen tuttavapiiriin. Hän päätti puhua suoraan ja hän sanoi:

– Minä puhun nyt ihan suoraan kuin mies miehelle, mutta sitten hän jatkoikin. – Niin, minä sitä vielä ihmettelen, että miten se oikein kuoli.

– Sitä lyötiin puukolla sydämeen, sanoi Artturi.

– Mutta minä sitä tarkoitan, että minä en piittaa siitä kuka sen on tappanut. Ei siitä piittaa vaimonikaan. Enkä minä mene siitä poliisille kertomaan. Silloin aamulla kun minä sinne trokarin luo tulin, siellä ei ollut ketään. Paitsi että sinä siihen tulit.

– Mitä sitten?

– Et kai sinä ollut siinä komerossa piilossa.

– En ollut. Tulin sinun jälkeesi.

Matias ei uskonut Artturia ja yritti sen ilmeellä viestiä.

– Miksi sitä ruumista piti sitten siirrellä yhtenään? hän kysyi.

– Minä yritin sinua auttaa salaamaan rikosta.

– Auttaa minua?

– Minä ihan luulin, että sinä olit tappanut Oskarin, sanoi Artturi.

Matias katsoi Artturia tyrmistyneenä. Yrittikö tuo juopporetale hänestä tehdä syyllistä tappoon? Olisi tehnyt mieli lyödä, mutta samassa hän tajusi että Artturi oli häntä melkein pari vuosikymmentä nuorempi ja olisi halutessaan voinut hänet piestä.

Sen sijaan hän selitti särkyneellä äänellä:

– Minä en kuuna kullan valkeana ole lakia rikkonut. En edes nuorena juovuksissa ollessani.

– Älä nyt hermostu, yritti Artturi.

Matias jatkoi:

– Koko ikäni olen lakia kunnioittanut. Edes rattijuopumukseen en ole syyllistynyt.

Pari työmiehen näköistä kulki aivan vierestä ohi, kun näkivät viinipullon Artturin kädessä, hymyilivät leveästi. Matias ei heitä huomannut lainkaan, jatkoi yhä kovemmalla äänellä:

– Kun minä sieltä makuuhuoneesta tulin ...

Heidän puheet kai kiirivät baariin sisälle, ainakin terassille, ja vähin erin metsikköön kerääntyi katsojia.

Lauran viimeinen vuorokausi oli outo. Se oli kuin vuoristorata tasaiseen elämään tottuneelle. Oli nousua ja laskua ja nousua.

Hän oli illalla odottanut, että Eero jo viimein kosisi häntä. Hän oli ollut varma, että niin tulisi käymään, kun hän vain hieman osaisi Eeroa rohkaista. Eerossa oli kaikki mitä hänen ikäinen nainen mieheltä voisi toivoa, vakaa ja turvallinen, lempeä ja totteli vain häntä. Toisekseen Eero ei ollut niin köyhä kuin mitä oli antanut ymmärtää. Salassa Oskari Tomuseulalta ja muilta, Eero oli säästellyt vuosia pientä pesämunaa, aivan samoin kuin hänkin. Villeimmissä kuvitelmissaan Laura jo perusti ompelimoa yhdessä Eeron kanssa.

Sydänyön toisella puolella Eero viimein avautui ja tunnusti hänelle.

– Niin, minun on nyt pakko kertoa tämä, Eero sanoi vakavana. – Siitä huolimatta vaikka pelästyisit pois minun luota.

– Kerro vaan, kehräsi Laura. – En minä minnekään karkaa.

Lauran sydän riemuitsi. Tämä oli se hetki jota hän ikänsä oli odottanut. Eero katsoi häntä syvälle silmiin, sanoi:

– Minä tapoin Oskari Tomuseulan.

Hetkeksi Lauran maailma romahti. Tuo viinanmyyjä, Oskari Tomuseula, hämähäkki ja verenimijä, tuotti harmia vielä kuolemansa jälkeen. Jo siitä lähtien kun Tomuseula oli ehdottanut että hän ryhtyisi muuliksi, oli hänellä ollut tunne että miehestä koituisi hänelle ikävyyksiä. Viinanmyyjä oli kuollut monta päivää aikaisemmin, mutta yhä mies vainosi häntä. Jotenkin viinanmyyjä oli kuolemansa jälkeen päätynyt venevajaan ja hänen paita oli päätynyt aivan lähelle ruumista. Ja nyt kun hän vihdoin oli löytänyt itselleen elämänsä miehen, tämä olikin tappanut juuri Oskari Tomuseulan. Miksi? Hän oli hetken ollut onnensa kukkuilla, mutta samassa kaikki romahti. Miksi?

Hän tuijotti ikkunasta tähtitaivasta, muotoili huulilla kysymyksen:

– Miksi?

Vaikka kysymys ei ollut Eerolle tarkoitettu, niin Eero vastasi:

– Kun minä viime reissulta kannoin tullin läpi viinaa monta kertaa enemmän kuin mitä laki sallisi. Luulin että saisin sillä velkoja lyhenneltyä niin paljon, että pääsisin joskus irti siitä piinasta. Mutta Oskari meinasi, että minä jo seuraavana päivänä menisin uudelleen. Palkaksi antoi muutaman kaljatölkin. Kun se sitten vei viinoja makuuhuoneeseen, minä seurasin perässä. Se kekkuloi siinä alusvaatteisillaan. Kun se tuli ovelle, minä löin puukon sen rintaan. Se kaatui vuoteelle ja korisi. Minä tungin puukon sitäkin syvemmälle.

Laura värisi.

– Etkö sinä siitä muuten irti päässyt.

– En. Ja se minua eniten suututti, kun se aikoi sinustakin tehdä muulin.

Vasta aamuyöllä monien kyynelten jälkeen päästiin uudelleen itse asiaan. Laura kysyi:

– Etkö sinä sitten rakastakaan minua?

– Rakastan tietysti.

– Minä luulin että sinä olisit kosinut.

– Minä aioinkin. Mutta pakko minun oli saada tunnoltani asia pois. Minä jo silloin kun Oskarin tapoin, aioin mennä heti aamulla poliisiasemalle tunnustamaan rikoksen. Mutta jäin odottelemaan aamua. Ja aamulla olikin

Matias Kuukeli portilla kuin tatti. Kun Matias tuli sisälle, niin minä piilouduin siihen salakomeroon viinapullojen sekaan. En arvannut tulla pois, en varsinkaan sitten enää, kun sinä siellä olit. Minä siellä koko päivän kuuntelin ja tupakoin. Yöllä yritin pois, mutta se samainen Matias Kuukeli seisoi rapuilla. Jäin sitten itsekin juopottelemaan. Myöhemmin kun palautin sen puukon poliisiasemalle, piti taas tunnustaa. Mutta kun eivät mitään kysyneet, niin en osannut mitään vastata.

– Mitä nyt sitten teet?

– Menen aamulla poliisiasemalle tunnustamaan mitä tein. En minä pysty elämään se asia tunnollani. En varsinkaan nyt enää.

– Miksi sinä Oskarin tapoit?

– Minähän juuri kerroin.

– Siksikö kun se minusta muulia aikoi.

– Se minua siinä eniten harmitti, Eero kertoi vakavana. – Se ei ole mitään hupia, muulin työ. Minä sen tiedän, kun olen sitä hommaa vuosikymmeniä tehnyt.

Laura tahtoi uskoa, että Eero oli ritari joka pelasti hänet suuren hämähäkin verkosta.

– Kai minä joudun telkien taakse, Eero sanoi.

– Minä odotan sinua, sanoi Laura.

Aamulla Lauralle selvisi myös se, miten hänen paita oli päätynyt rannalle kivenkoloon lähelle Tomuseulan ruumista. Joskin tapahtuma Eeron selittämänä kuulosti oudolta.

– Matias kertoi minulle, että Artturi oli vaatinut häneltä, että sinun paita missä oli Oskarin verta, pitäisi piilottaa tai viedä pestäväksi ennen kuin sinä nostat siitä metelin. Minä sitten annoin paidan Matiakselle ja Matias sen sitten piilotti.

Se oli parempi selitys kuin ei selitystä ollenkaan. Lisäksi se Eeron kertomana ja muista asioista irrotettuna kuulosti niin hassulta, että kaiken tunnekuohun keskelläkin se sai hänet hihittämään. Ymmärsi hän selityksestä sen, ettei kukaan tahallaan häntä yrittänyt lavastaa syylliseksi murhaan ja ettei Tomuseula kuolemansa jälkeen häntä koettanut ansaan houkutella.

Lopulta Eero kosi ja Laura vastasi myöntävästi. Päivällä muutaman tunnin unien jälkeen he astelivat kylälle kuin aviopari. Maantielle he kuulivat Matiaksen ja Artturin kovaäänistä puhetta, poikkesivat katsomaan.

Metsässä meteli taukosi. Kuului naurua. Kun Eero ja Laura pääsivät paikalle, he pääsivät käsitykseen että Matias olisi lyönyt Artturia. Näin ei kuinkaan ollut tapahtunut. Matias tosin oli suuttunut ja oli puristanut käden nyrkkiin ja vetänyt sen sivulleen taaksepäin kuin aikoisi lyödä. Artturi oli väistänyt olematonta lyöntiä, kompastunut lahoon kantoon ja kaatunut päin puuta. Kuiva oksa oli osunut huuleen, saanut huulen vuotamaan verta. Baarista paikalle tulleiden katselijoiden mielestä tuo kaikki oli pelkästään hauskaa.

Eero astui Matiaksen ja Artturin väliin, kysyi:

– Tappeletteko te täällä, vanhat miehet.

– Ei tässä kummempaa tappelua ole, sanoi Artturi, pyyhki huulesta verta paidanhihaan.

Matias ei kyennyt puhumaan ollenkaan. Hän oli aikonut puhua Artturille kuin mies miehelle. Hän oli aikonut kertoa Artturille ne kaikki pienet seikat joiden perusteella oli päätellyt, että Artturi oli tappanut Oskari Tomuseulan. Hän oli aikonut antaa Artturille mahdollisuuden. Artturi olisi voinut mennä ilmoittautumaan poliisille, olisi siten kai saanut pienemmän tuomion. Mutta jos Artturi olisi halunnut jatkaa elämää moinen asia tunnollaan, sekin olisi hänelle sopinut. Ei hän olisi mennyt poliisille kertomaan, ei olisi levitellyt kylälle juoruja.

Mutta ei hän ollut päässyt kuin vähän alkuun. Kun hän selosti sitä, kun oli poistumassa Tomuseulan makuuhuoneesta ja törmännyt samassa Artturiin, oli Artturi sanonut:

"Silloin minä olin ihan varma että sinä olet tappanut Oskarin."

Hän oli sanonut:

"Minä, mitä. Minä olin varma että sinä... Miten niin minä."

"Tulit kädet veressä Tomuseulan makuuhuoneessa. Arvaahan sen että jotain pahaa on tapahtunut."

Hän oli sitten aikonut selittää, että Artturi oli yrittänyt kertoa täyttä puppua jostain itämafian tappajasta, mutta Artturi oli sanonut:

"Sinä selitit minulle, että tappaja lähti yöllä pakoon kun vain sinä olit hereillä."

Hän oli yrittänyt kertoa myös siitä, että Artturin käskystä ruumiista siirrettiin paikasta toiseen. Olipa joku jopa arvellut, että Artturi aikoi upottaa ruumiin järveen, niin ettei sitä kuunaan oltaisi löydetty.

Artturi oli sanonut:

"Sinä yritit saada minut poliisille kertomaan, että minä olisin löytänyt Oskarin ruumiin, vaikka sinähän siihen ensin törmäsit."

Hän oli myös kertonut, että oli kuunnellut Artturin kuorsausta ja että se hänestä oli tekokuorsausta. Hän oli jopa matkinut Artturin kuorsausta, mutta Artturi oli sanonut:

"En minä kuorsauksesta mitään tiedä, kun nukuin. Mutta sen tiedän, että silloin ensimmäisenä yönä sinä hiippailit Tomuseulan asunolla. Siihen minä heräsin, kun sinä tulit ulkoa ja menit keittiöön."

Kaiken tuo juoppo lurjus yritti vääntää toisinpäin.

Mutta ei hän ollut aikonut lyödä Artturia. Ei hän ikinä ollut lyönyt ketään. Hän oli vain halunnut, että mies olisi ääneti niin kauan kuin hän puhuu. Kun Artturi oli horjahtanut päin puuta ja saanut huuleen haavan, hän oli itse pelästynyt enemmän kuin Artturi.

Hän vasta huomasi, että metsikköön oli kerääntynyt yleisöä. Se osaltaan rauhoitti häntä. Ja Eero seisoi hänen edessä ja Laura astui Eeron vierelle, painuivat aivan toisiinsa kiinni. Heidän romanssi siis oli edennyt niin pitkällä. Se loi uskoa tulevaan. Hän muisti joskus verranneensa

Eeroa itseensä ja Lauraa vaimoonsa. Niin hekin olivat joskus kävelleet kylällä, käsi kädessä aivan toisissaan kiinni.

Eero sanoi:

– Minä nyt teillekin kerron, että minä menen poliisiasemalle. Minä tunnustan siellä kaiken. En minä pysty elämään semmoinen asia tunnollani.

– Ja minä tulen sinun mukaan, sanoi Laura.

Matias ei ymmärtänyt mitään.

– Sano että tappelitte viinasta, sanoi Artturi. – Niin et saa pahaa tuomiota.

– Mutta saan tuomion, totesi Eero. – Mutta sitten kun vapaudun, alan elää ihan uudelleen.

– Minä odotan sinua niin kauan kuin elän, sanoi Laura.

– Minä jo silloin yöllä ajattelin, että aamun vaaletessa ilmoittaudun poliisille. Se sitten jäi. Kun sitä viinaa kerran oli. Ja kun sehän oli vain ...

– Trokari, sanoi Artturi.

– Niin pelkkä trokari, jatkoi Eero. – En minä usko että sitä kukaan jää kaipaamaan. Mutta minä ilmoittaudun poliisille, vielä tänään. Nyt heti. Saan ehkä sitten asian tunnoltani.

– Älä sano poliisille mitään ennen kuin saat asianajajan, neuvoi baarista paikalle kiirehtinyt Jaska Purola. – Minä tiedän hyvän asianajajan. Se puhuu sinut nopeasti vapaaksi. Kerätään vaikka kolehti, niin saadaan sinulle hyvä asianajaja.

Eero ja Laura lähtivät. Baarilta metelin hälyttämänä metsikköön tullut väki palasi baariin. Kun jäivät kahden, Matias sanoi:

– Että Eeroko sen viinanmyyjän tappoi?

– Eero, vastasi Artturi.

– Mutta miksi?

– Palkkaneuvotteluja, niin kai voi sanoa. Palkkaneuvottelut kariutuivat. Kun se Eero rakastu siihen Lauraan, niin se halusi kokonaan eroon Oskarin hommista. Se kai meinasi, että kun salakuljettaa Virosta oikein jättilastin viinaa Oskarille, niin velat tulee pian kuitatuksi. Mutta eihän se Oskarille sopinut.

– Mistä sinä sen tiedät?

– Puhuttiin Eeron kanssa silloin jo.

Matias vajosi mietteisiinsä. Pienen hetken aikaa hän oli tuntenut olevansa kuin mestarisalapoliisi, kuin Hercule Poirot tai Sherlock Holmes. Mutta Artturi ei ollut suostunut roiston osaan. Ei sitä voinut Artturilta vaatiakaan, jos kerran Eero oli trokarin surmannut. Artturi oli saanut hänet suuttumaan, kun oli vääntänyt asiat niin että hän näyttäsi syylliseltä. Artturin huulesta vuoti vielä verta.

– Minä kun luulin että sinä minua epäilet, hän puolusteli.

– Minä luulin että sinä epäilet minua, virnuili Artturi.

Artturi tarjosi viiniryypyn ja Matias joi. Hän ajatteli, että hänen pitäisi palata kotiin. Mutta toisaalta, Artturilla näytti muovikassissa olevan vielä toinenkin viinipullo.

Ja Artturi istui kaatuneen tukin päälle ja sanoi:

– Eiköhän istuta kiireimmäksi aikaa.

Hän istui Artturin vierelle, tarttui pulloon. Mitä siitä seuraisi, siitä hänellä ei ollut aavistustakaan.